4

Author 道造
Illustrator めろん22

貞操逆転世界の童貞辺境領主騎士

Virgin Knight who is the Frontier Lord in the Gender Switched World

「だから
お終いだっつってるじゃん。
さよなら。
泣きながら家に帰れ」
第二王女親衛隊 隊長
ザビーネ

「何とかしてよザビ姉!!」
ヴェスパーマン家 当主
マリーナ

リーゼンロッテが、
32歳赤毛長髪未亡人巨乳の乳を、
私の背中や腰に押し付けてくるのだ。
スキンシップが明確に過剰なのだ。

「ファウスト、
悩ましい顔をしておりますが？」

「はい、リーゼンロッテ。
私は今、
酷く悩んでおります」

アンハルト王国 女王
リーゼンロッテ

ポリドロ領 封建領主騎士
ファウスト

ミハエル殿はしばし沈黙を置いた後に、
官能的でありながら、それでいて震えた声で呟いた。

「■■であったとすれば、どうでしょう」

ミハエル殿の顔が真っ青になっている事に気づく。

侍童 兼 庭師

ミハエル

Virgin Knight who is the Frontier Lord in the Gender Switched World

4

Virgin Knight
who is the Frontier Lord in the Gender Switched World

Author
道造
Illustrator
めろん22

イラスト／めろん22

プロローグ　14の頃

うつらうつらとしている。

過酷な勉強と訓練で、少々寝不足なのだ。

政務も一部こなし始めている。

仕方ないとは理解している。

このアンハルト王国を、選帝侯家を継ぐべき正統後継者として。

どうしても知恵と技術をこの身に詰め込まねばならず、そうしなければ隣国のヴィレンドルフ選帝侯家に競り負けてしまう。

それに母は病弱であり、余命は僅かばかりである。

あと数年もしない内に——ひょっとすれば明日に倒れてもおかしくはない。

そんな状況である。

もし母が病に倒れれば、次こそは生きている間にどうかと譲位が行われ、この双肩に選帝侯としてアンハルト女王としての重責がのし掛かることになるであろう。

もう14である。

成人は済ませており、覚悟はできていた。

舐められるわけにはいかなかった。

ヴィレンドルフにも、帝国にも、そして国内からも。

このリーゼンロッテは強くなければならぬ。

だが、それはそれ、これはこれ。

「たまらぬな」

全身が過労を訴えていた。

無理も無い、そもそも14がいくら成人とはいえ、肉体的にはまだ成長段階である。

戦に出ても良い年齢ではあるが、それで騎士として一人前かと言えば違う歳(とし)である。

私の脳は睡眠を求め、うつらうつらとしていた。

庭に出る。

アンハルトの王宮は新造で、まだ出来上がったばかりというところで庭の造作も整っておらぬ。

だが、別に良い。

侍童でも呼んで、少しガーデンテーブルで午睡でも取りたいところだ。

ベッドはダメだ、次の政務までに起きる自信が無い。

人影が見えた。

「おい、そこの――」

声を上げて、ハッとした。

大きな男の人影であった。

背はのっぽりとして高く、やや日に焼けた肉体をしており、私と同じ赤髪が似合っていた。

筋骨隆々の体軀で、日差しを眩しそうにしながらも、どこか穏やかに。

にこにこと笑っている姿が、私の目を惹いたのだ。

首を傾げ、重たそうな土の入った袋を地面に下ろして。

私に声を投げた。

「何かご用ですか、リーゼンロッテ殿下」

「いや――」

ここで、何故か私は少し躊躇った。

別に、他の侍童と同じように扱えば良い話である。

すぐにガーデンテーブルを持ってこい、少し眠ると。

そう話をすれば良い。

であるが――

「ここで何をしているのかと聞きたくてな」

私は話を続けようとしてしまった。

手の指先と指先を重ね、わざとらしく凜とした声などを出して。

まるで、子供が少し背伸びをしているかのようにだ。

嗚呼、リーゼンロッテ、それはダメだ。

こんな無様では笑われる。

このアンハルト第一王女を笑うような者などおらぬというのに、何故か私はこのときばかりは、眼前にいる男に笑われてしまうことを気にしたのだ。

「少し騒がしくしてしまいましたか。申し訳ありません」

私を笑っているのではなく。

少し申し訳なさそうな顔で、男は土のついた手を見せてにこやかに謝った。

園芸や農業による豆が見える。

農民のようなゴツゴツとした手であった。

だが、私はそれを厭（いと）うことなどなかった。

むしろ、どこかいびつなその手が好意的にすら見えてしまう。

「庭を造っているのです」

大きく丸い沢山の石。

良土が詰まっていると思える布袋。

鉄製の鍬（くわ）に、スコップやシャベル。

なるほど、庭造りの道具が転がっている。

「……侍童が庭を？　庭師に任せていればよいではないか」

疑問を浮かべるが、はて、どこかで聞いたことがあったような。

王族の縁者に、公爵家に園芸狂いの男がいると。

「はあ、まあ、そうなのですが。こういう何も無い、手つかずの庭を見ると、どうも自分の手で新しい何かを造ってみたくなりまして。私がいる期間は短いのですが、基礎ぐらいはと」

困ったように、男が頬を指で掻いた。

そうだ、一度も会ったことは無かったが、この髪の色は間違いなくアンハルト王族で。

男であるが故に大事に隠され、今まで一度も顔を合わせることの無かった親族。

「ロベルトか」

「おや、ご存じでしたか」

知っている。

子供の頃から土いじりが大好きで、どうしても止めないからとこればかりは皆が匙を投げ。

それでも何故か公爵家では愛されていて、大事に育てられている男であった。

教育の一環として、王宮に侍童として上がっていたのか。

「これから半年の間ですが、よろしくお願いします。リーゼンロッテ女王殿下」

ぺこりとロベルトが頭を下げた。

首は赤銅色に日焼けをしていて、燃える炎の色にさえ見えた。

そうだ。

私はあの赤く灼けた首を見たときに、気づいたのだ。

あろうことか、このリーゼンロッテは14歳にしてようやく初恋に落ちた。
それは嵐であった。
過労など吹き飛び、心臓は生まれて初めてというぐらいに高鳴り。
自分の頬が真っ赤に染まって。
もう、どんな手を使っても眼前の男を手に入れることしか。
もはや私の頭にはなくなってしまったのだ。

モノローグ　復讐の炎は地獄のように胸に燃え

私の永遠は失われた。

永遠がこのバラ園にはあると思ったのに。

私の怒りを拾い上げ、私の願い全てを叶えてくれたあの御方こそが私の永遠であったのに。

葬儀の日には苛烈な雨が降り注いでいた。

バラ園は悲しみで包まれ、闇の中で騒々と薙いでいる。

死と絶望が私を襲っている。

私にとって、ロベルト様の死は世界の喪失そのものであった。

社会において信頼のおけない集団と差別される放浪民族の、更にその身内からさえ差別される「資産の一つ」として産まれ、去勢鶏の歌唄いとして嘲笑われた人生から脱却させてくれた人。

報復のために自分のナイフを腰から抜き取り、それを私の物として与えてくれた人。

私に、私を支配していた親を殺す行為を許してくれた人。

私に新しい人生を与えてくれた人。

その御方が殺されてしまったのだ。

死にたいと思う。
後を追いたいとさえ思うのだ。
だが、やることが残っている。
まだやるべきことが残っているだろうと、リーゼンロッテ様に告げられた。
ロベルト様を殺した人間を探し出して、必ずや殺さねばならぬ。
それが出来ねば、後を追うことさえ許されぬ。
聞け、復讐の神々よ、我が呪いを聞け！
これさえ叶えば、心臓など差し出しても構わぬ。
必ずや犯人を探し出して、この手で殺してやる！
このロベルト様から与えられたナイフで、犯人の心臓を抉り抜いてやろう。
苦痛にもだえ苦しむ姿を見つめて、その人間の大切な全てを踏みにじってやろう。
その尊厳など一片も余すところなく、必ずや討ち滅ぼしてくれよう。
それが終われば、それさえ終われば。
私の役目は終わりだ。
……我終遠を計い給え。
信じてもいない神に、それを願うことにして。
ロベルト様から頂いた宝物のナイフで、私の心臓を突き刺すことにしよう。
口を開いた。

むせかえるような怒りを吐き出し、怒号のように歌う。

復讐の炎は地獄のように我が心に燃え
死と絶望が私の周りで燃え上がる！
犯人に死の苦しみを与えなければ
私はもはや私ではない
永遠に絶望し
永遠に怒り狂いて
永遠に粉砕する
私の安らかな永遠は、お前のせいで失われた!!
聞け　復讐の神よ
私の誓いを聞け！

第66話　女王陛下の政務室

金が足りない。
時間が足りない。
政務がしんどい。
要はこの三点である。
「リーゼンロッテ女王陛下、次の案件の決裁であります」
「またか」
政務室。
王城の一室に設けられたその部屋にて、私は愚痴を吐いた。
机の横には実務官僚の中でも選り抜きたる、若手の上級法衣貴族が立っている。
寝不足である。
すでに述べた三点が、私の最近の寝不足とストレスを引き起こしていた。
まず金がない。
今年の予算に支障をきたしている。
我がアンハルト王国は銀山を王領内に有しており、裕福ではある。
だが、最近の案件にはいささか歳費に事欠く羽目になった。

「カロリーヌの反逆」、この報酬に関してはポリドロ卿が10年での支払いを望んだ事で問題ない。

「ヴィレンドルフとの和平交渉」、これに関しては大きい。

ファウスト・フォン・ポリドロ卿は今回の嘆願、「ポリドロ卿ゲッシュ事件」を起こした事から報酬の受け取りを拒んだが、それはそれ、これはこれ。

功績には報酬を、罪には罰を。

今回の功績に対し、多額の報酬を与えぬわけにはいかぬ。

まして、今回別に王家は損をしていない。

ポリドロ卿の嘆願により、王家が遊牧民に対する軍権を得たというメリットだけだ。

結果としてファウストの申し出を断り、今回多額の報酬を与えることを約束した。

今年におけるアンハルト王国の歳費は、明らかにオーバーしている。

「今度は私の胃に優しい話なのだろうな」

「とっても優しいお話ですよ。リーゼンロッテ女王陛下。例のバカ共の処分についてです」

「ああ」

入れ、と声をかける。

ドアから入って来たのは、ファウストの嘆願を一字一句書き残した紋章官。

アンハルト王国における全ての貴族の名前と顔を一致させている、類い稀な記憶力の持ち主だ。

　彼女には、仕事を一つ頼んでいた。

『いるもの』と『いらないもの』の区別だ。

「リーゼンロッテ女王陛下におかれましては、ご機嫌麗しく」

「世辞は良い。リストを渡せ。直接持って来い」

「は」

　机の上で、指と指を交差させながら。

　私は、ようやくストレスが解消できそうな案件が来たと胸をなでおろす。

　差し出されたリストを眺める。

「これが『いらない』奴らだな」

「家ごと潰しましょうか、個人を潰しましょうか」

　横に立っている上級実務官僚たる彼女が、若干楽しそうに声をあげる。

「家ごとで良い。細かい配慮の必要はない。こんな愚か者を当主にした家が悪いのだ。城に上がらせて、この私の目の前で醜態を起こした全てが悪い」

「了解しました。処理はヴェスパーマン家の方に？」

「いや、殺すまではしなくてよい。死体の処理も面倒だ」

　我々は山賊でも暗殺集団でもないのだ。

　そして、今回潰すのは法衣貴族であり、領主騎士ではない。

工作員を使うまでもない。

真正面から叩き潰す。

「王命として命ずる。この『いらないもの』リストの家は全員爵位を取り上げる。全員に返上させよ」

「もし拒めば？」

「ああ、救いようもないアホだからそういう女もいるか。何、そこらの壁に顔でも叩きつけて歯を全部折れば、嫌でも頷くだろう。そこから先の人生は知らんが」

私は決裁書類たる『いらないもの』リストの名前を読み上げる事もなく、そのままサインした。

これにて十数人の法衣貴族の処分が決定された。

その先、家族一同平民となるであろう。

その先は何とか食っていくのか、飢えて死ぬのか、知った事ではない。

救済措置など取る必要はなかった。

救国の英傑たるファウスト・フォン・ポリドロ卿を侮辱したのだ。

その無能は、死にも相応しい罪であった。

その場で首を刎ねないだけ優しいではないかというのが、私の心中であった。

「これで予算が浮くか？」

「正直、下級の法衣貴族の給金が十数人分浮いたところで大差ないかと。まあ数十年単位で眺めれば効果的ではありますが。数年後にはアナスタシア第一王女殿下の親衛隊30名全員を世襲貴族にしなければなりませぬ」

「そうだな、それがあった。だがそれは予算に計上済みであろう？　もうよいぞ。今回はよくやった。お前の働きはよく記憶しておく」

下がってよい。

立派に働きを為した、有能なる紋章官に命令を告げる。

コイツみたいに有能な奴ばかりになれば、こんな気苦労をしなくてもすむのだが。

優雅に紋章官が頭を下げ、そのまま部屋から立ち去る。

ドアが閉まる音。

「眠い。少し寝ても良いか」

「御歳を召されたようで」

「夫を手に入れたばかりの若者に何がわかる」

軽口を叩く。

私はこの横に立つ、まだ歳若い実務官僚が嫌いではない。

有能だから。

それは今のリーゼンロッテの心を慰めるには何よりの事であった。

もう無能のアホには心底ウンザリさせられていた。

「ロベルトが生きていれば。夫を一晩抱きもすれば眠気など吹っ飛ぶのであるが」

愚痴、猥談めいたそれを一つ、口にする。
「気の利いた侍童を寝所に寄越しましょうか？」
「いらん。ロベルトが死んだ今、代わりなど――」
「ファウスト・フォン・ポリドロ卿であれば？」
閉口する。
ファウスト・フォン・ポリドロ卿であれば、か。
それにはさすがに、言葉が詰まる。
私のロベルトへの愛は、間違いなく本物である。
だが、逝ってしまった。
殺されてしまった。
5年前、バラ園にて一人寂しく逝ってしまった。
原因不明。
亜ヒ酸等の毒ではない。
銀は反応しなかった。
外傷もなかった。
ただ青白くなった死体が横たわるのみであった。
ヴェスパーマン家に調査を依頼したが何も得られず。
何の成果も得られませんでした。

あの時、あのセリフを聞いた時は、思わず先代のヴェスパーマンを殺してやろうかと思った。

5年経つ。

調査は娘マリーナの代に移っても、ヴェスパーマン家の威信を懸けて続けられている。

だが、もう無理であろうな。

諦めるべきだ。

調査を断念すべきだ。

今のアンハルト王国には、調査を続けるのに無駄な予算と人員を割く余裕などない。

ファウストの嘆願とゲッシュ。

それにより、この国は北方の遊牧民族の族滅。

そして――私には未だ信じられぬ事であるが。

ファウストの言葉によれば、7年以内に侵略してくるであろう。

東果ての遊牧民族国家への対抗策を練らねばなるまい。

だが。

「嗚呼、口惜しい。誰がロベルトを殺したのか」

棺に泣き縋る、当時9歳だったヴァリエールの姿を思い出す。

誰も彼もが泣いていた。

誰からも愛された男だった。

本当に誰からも愛された男だったのだ。

太陽のような男であったのだ。

その容貌を揶揄する人はいても、心の底では親しまれていた。

私以外にも発狂するように、嘆き悲しんだ者が多くいた。

その多くは、下級の法衣貴族であった。

夫、ロベルトは私の施政に対する苦情や嘆願などを一手に引き受けていた。

私の手を煩わせる事など無かった。

本当に窮する者がいれば自らの歳費を削って、職や食い扶持を用意して、その者達を助けてやっていたのだ。

誰もが、ロベルトを殺した犯人を見つけ出すための協力を申し出た。

私も手を尽くした。

だが、それでも見つからなかった。

嗚呼。

「今更、今更だ。犯人が見つかるはずもない。ロベルト暗殺事件の調査は打ち切りとする」

「リーゼンロッテ女王陛下、一つ、思いついたのですが」

「何か」

ロベルトの事を考えると、泣きそうになる。

机の上で交差した指と指をほぐし、実務官僚の声に応じる。

「ポリドロ卿に、犯人捜索を依頼しては如何でしょう」

「何故そうなる？」

意味が判らぬ。

何故、そこでファウストの名前が出てくる。

ファウストは工作員でもなんでもない。

ゲッシュの際に見せた、演説と軍事面における知性の輝きには正直驚いたものだが。

それでも『武』の一文字を極めた、超人のイメージからは逸脱しない。

暗殺犯の調査など、てんで似合わない。

「ハッキリ言いますと、しばらくポリドロ卿には王都にいて頂きたく。すでにポリドロ卿は帰り支度を始めようとしていると伺いました。領民はともかく、ポリドロ卿だけは留め置いて頂きたく」

「ふむ。関係整理のためか」

「そうです」

思いつく用件をとりあえず口にしたが、当たったようだ。

「ファウスト・フォン・ポリドロ卿の嘆願とゲッシュにより、誰もがポリドロ卿の人柄を知りました。あの一件で、アナスタシア第一王女殿下とアスターテ公爵の手によりベールに包まれていた、ポリドロ卿の騎士ぶりを皆が知りました」

「ポリドロ卿と縁を結びたい貴族が増えると。領地に沢山の使者が訪れるであろうな」

「そうです。基本、問題はないと考えています。すでにヴァリエール第二王女殿下との婚約により、横から婚姻面で邪魔が入る可能性は消え失せました。ですが、官僚団は戸惑っております。ポリドロ卿と他貴族との関係が深まるのをどこまで認めるのか。場合によっては阻害に動かなくてはなりませぬ。少し、判断する時間をください」

パワーバランス。

第一王女派閥ですでに纏まっている貴族が崩れることはない。

私も基本、問題は無いとは考えるのだが。

先代マリアンヌ・フォン・ポリドロ卿はその行動から狂人として扱われ、周囲の貴族との縁が全て断ち切られた。

その改善はしてあげたいというのが、リーゼンロッテの私人としての正直なところだ。

だからこそ、ヴァリエールとの婚姻も認めた。

だが、超人たるポリドロ卿との関係を強化され、一丸となった領主騎士達の立場が強くなりすぎても、王族としては困るのだ。

公人としてのリーゼンロッテはさて、どう動くべきか。

少し、考えてはみたが。

「正直に言おうか、面倒臭い。それにファウストを足止めすると、また私が嫌われる」

「それが女王の仕事です。それに、いいではないですか」

ぞ。

ただでさえ今回の和平交渉にて、領地からトンボ返りさせて軍役外の仕事をさせたのだ

ファウストに嫌われるその行動の、何がいいと言うのだ。

「何がだ」

多分、領地に帰らせろという心境で一杯だぞ。

「ここらでしばらく休暇を御取りください。政務は決済を除き、我々実務官僚が行います。その間に、女王陛下はしばらくポリドロ卿と二人でバラ園の散策などを」

「何を考えている」

「何、女王陛下の御心は判っているつもりです。第一王女殿下と、公爵は軍の再編に追われています。遊牧民対策では軍権を領主騎士から一時預かる事になったものの、ではそれをどう統一させるのか。指揮系統をどう再編するのか。お二人はその対応に追われています。今がチャンスです！」

何がチャンスであるのか。

そう言いたくなるが、私には何が言いたいのか判っていた。

アナスタシアとアスターテ、あの二人がいない。

この僅かな空白期間を逃しては、二度と私とファウストが褥（しとね）を共にするチャンスなど来ないであろう。

「しかし、どうやってポリドロ卿を引き留めるのだ？　ロベルトの死と、ポリドロ卿とは

何の因果関係もないぞ。今度こそは『私、全然関係ないじゃん』と激怒するやも」

「女王陛下におかれましては、カロリーヌ反逆の一件にて王命に逆らった件で一つ貸しと、そしてバラを盗んだ件でお怒りになる権利があるかと」

「なるほど」

王命に逆らった貸しが一件、それにロベルトが大事に育てたバラを盗んだ件。

それを合わせれば、確かにロベルトの暗殺事件に絡む説得力も持たせられるか。

亡き夫のバラを盗んだのだ、私の最後の心残りを解消するのに協力しても神罰は下るまい。

ファウストも、私からの貸しを返す方を選択するだろう。

「男と女がバラ園で二人きり歩く事もありましょう。事前に人払いはします。何が起きてもおかしくありません」

「お前は本当に有能だな」

手配もバッチリである。

だが、一つ問題がある。

私はロベルトを未だに愛しているのだ。

「私はロベルトを愛している。亡き夫に貞操を誓っているのだ。その愛にお前は疑念を持っているのか？」

「じゃあ、お止めになると言う事で」

「馬鹿を言うな！　それとこれとは話が別だろうが？」

すまない、ロベルト。

お前を本当に愛しているのだ。

しかし私を残して死んでしまったし。

さすがに一人寝を5年も続けるのは寂しかった。

本当に寂しかったのだ。

お前も天国で、残した妻が少しばかし新しい恋に生きてみることを祝福してくれると思うのだ。

「最初からやるならやるで、そう仰ってください」

しれっとした顔で呟く実務官僚。

コイツはコイツでいい性格をしているよな、と考える。

「ポリドロ卿は今何を？」

「先ほども言いましたが。下屋敷にて、領地への帰り支度中であるかと」

「判った。お前は本当に意地の悪い女で、人を追い込むのが好きなようだ」

今すぐファウストを呼び出そう。

そして、少しの時間、私の相手をさせよう。

願わくば、褥を共にしよう。

亡き夫のバラ園の中で、強いダマスク香が漂う中、想い出に浸りながらファウストを押し倒すのもいいかもしれない。

もちろん、同じ超人同士とは言えど、力ずくでファウストを押し倒す事は不可能であろう。

だがファウストはその巨軀（きょく）に似合わず、朴訥（ぼくとつ）で純情で、心優しい男である。

私が一夜の想い出が欲しいと泣き縋れば、その身体（からだ）を開いてくれるかもしれない。

アナスタシアやアスターテに先んじて、その初めての貞操を奪えるかもしれない。

想像するだけで、とても興奮する。

まるで18年前、侍童であったロベルトを初めて見た時のように胸が弾む。


「悪くないな、本当に悪くないな」

「では、第二王女相談役ファウスト・フォン・ポリドロ卿の下屋敷まで使者を出します。宜（よろ）しいですね」

「そうしよう」


ああ、本当に楽しみだ。

アンハルト王国女王リーゼンロッテの表情は政務室の机の上で、だらしなく、かつ卑猥（ひわい）に崩れた。

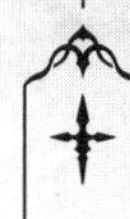

第67話　罪と罰

「王配暗殺事件調査？　私には全然関係ないじゃないか」

第二王女相談役として王家より与えられた下屋敷。

その応接室にて、私は使者に答えた。

「いや、関係ないとは言えないでしょう」

長椅子の横に座っている、未だ9歳児にして大人顔負けの叡智を誇るマルティナが呟く。

何故だ。

私はもう明日には下屋敷を引き払い、我が領地たるポリドロ領に帰るつもりであったのだが。

何故その悲願を邪魔するのだ。

今年の軍役は果たした。

山賊相手のヴァリエール様初陣のはずなのに、規模が大きくなり地方領主の精鋭を敵に回す事になったが。

次に、和平交渉も果たした。

ムチムチの肢体をした同い年のカタリナ女王と、2年後に褥を共にする約束をしたけれど。

いや、それは別に嫌じゃないからいいのだけれどさ。

最後に、東の果てからいずれやってくる遊牧民族国家対策のためにゲッシュを立てた。

これは7年以内に遊牧民が攻めてこなければ私が死ぬのだけれど、まあ良い。

あのやり方以外に、私の愚かな知能では思いつかなかったのだ。

どういう道に行きついたにせよ、やるだけの事はやったのだと諦めがつく。

で、だ。

「私は頑張ったんだ。本当に頑張ったんだ。もう領地に帰って休ませてくれても神罰は下らないだろう？　神様だって天地創造の7日目には休息を取ってるんだぞ？」

「スケールの大きな話をしますね。小さな話を大きくすると、ファウスト様の格が落ちますよ？」

「割とスケールの大きい事をこなしてきた記憶が残ってるんだが」

目の前の使者を置き去りにして、横のマルティナと会話する。

使者の言葉はこうだった。

王命により、只今(ただいま)より王配暗殺事件調査に当たれ。

調査に必要な権限は、全てを与える。

何故私がそのような事をせねばならぬ。

そう考えるが。

マルティナが、形の良い眉をひそめて呟く。

「ファウスト様、お忘れではないと思いますが。私の助命嘆願にて、王命に一度逆らっておりますよね。そこでリーゼンロッテ女王陛下に借りが一つ残っております」

「記憶している」

それは覚えている。

だからといって、何故に王配ロベルト殿の暗殺事件を調査せよと？

私はもう明日には下屋敷を引き払い、我が領地たるポリドロ領に帰るつもりであったのだが。

何故その悲願を邪魔するのだ。

それより何より、私は王配ロベルト殿と会った事が無い。

さすがに筋違いではなかろうか？

「そして王配ロベルト様のバラを黙って盗んだ事、もちろん覚えておられますよね？」

「覚えている。が、未だに謝っていない。その件は私のミスだ」

帰り着き次第、ヴァリエール様と一緒にリーゼンロッテ女王に謝罪するつもりであったが。

私の嘆願と、ゲッシュでウヤムヤになったままだ。

思わず頭を押さえる。

謝るのを忘れて、領地に帰ろうとしていたわ。

あれ、これもしかして女王陛下、激怒しておられる？

私はマルティナに尋ねる。

「女王陛下、怒ってるかな」

「いえ、ファウスト様は和平交渉の大役を果たされました。その和平を結ぶのに必要であった以上は、怒ってはいらっしゃらないと思いますが……」

マルティナは口元に小さな手をやりながら、首をかしげる。

私としては、拙いミスをしたと戦々恐々なのだが。

私達二人の無視に耐えかねたように、使者が口を開いた。

「リーゼンロッテ女王陛下は、その件は怒っておられませぬ。ですが、これも何かの縁であると仰せになられました」

私は答える。

「御言葉ですが、王命といえど、お引き受け致しかねます。解決の糸口が見えませぬ」

私はリーゼンロッテ女王陛下を、心の底から評価している。

あの女王が、手を尽くして犯人が見つからなかったのだぞ。

ましてや、死後5年が経った事件など解決するものか。

私はオーギュスト・デュパンではないし、シャーロック・ホームズでもないのだ。

超人ではあれど、『武』の一文字のみを掲げる武骨一辺な領主騎士にすぎない。

「解決は求めておりませぬ」

「と、いうと？」

使者の言葉に、私は怪訝に答える。

「女王陛下は、事件の解決を求めておりませぬ。求めるのは心の安寧であります。一か月でよいのです。ポリドロ卿の助力を得て、それで解決しなければ諦めてしまおうと」

「つまり、王配暗殺事件の調査を打ち切るにあたって、何かしらのきっかけが欲しいと?」

私の言葉に、使者は黙って頷いた。

――いかんな。

女王陛下の気持ちを慮ると、可哀想になってきた。

ヴァリエール様から話は聞いた。

リーゼンロッテ女王は、心の底から王配ロベルト殿を愛しておられたと。

冷静沈着な威厳ある女王陛下として、いつも振る舞っている彼女が、だ。

発狂したかのように手を尽くして、犯人を捜したのだと。

しかし、見つからなかった。

女王陛下は、その選帝侯の権力を以てしてもどうにもならない、その結果に打ちひしがれたのではないか。

バラ園での会話、ロベルト殿と初めて会った時の事を話していた女王陛下。

あのローズガーデンにて、私が美しさを褒め称えた事を、夫が褒め称えられたように心の底から笑顔を見せていた女王陛下。

それを思い出す。

駄目だ。

私はすっかり同情してしまっているではないか。

女王陛下は、どのような気持ちで今回の事を依頼したのであろう。

どのような悲しい気持ちで、もはや解決など望まぬと、これでお終いにしてしまおうと。

貸しを消費してまで、今回の事を依頼したのであろう。

いかん、真にもっていかんな。

私は心の底から女王陛下に同情しているのだ。

自然と亡き母、マリアンヌの事を想いだす。

心の底から愛している人間を失った時の喪失感は恐ろしいものだ。

まるで自分が生きていてはいけないような気分になる。

だから。

私は自然、言葉を口にしていた。

「今回の件、お引き受けいたします。それが女王陛下にとって少しでも、心の慰めになるのであるならば」

「おお、さすがポリドロ卿」

使者が喜んで答え、安堵の息を吐く。

横をチラリと見る。

マルティナは、未だに何か考え込んでいるようであった。

何を考えているのであろうか。

公人としての女王陛下のことなら、何か策を巡らしているのかもしれぬ。

領主騎士として、領民３００名足らずの小さな国の君主として警戒せねばならぬ。

だが、今回は私人としての頼みの側面が強い。

リーゼンロッテ女王は、心の慰みを求めているのだ。

ならば、何も裏を疑う余地など無い。

私は心の底から騎士としてあるがままに忠誠を行い、王命のあるがままに王配暗殺事件の調査を行う。

多分、何も見つからないであろう。

何の成果も得られませんでした。

そう、女王陛下には報告する事になるであろう。

悲し気に、そうか、と一言呟(つぶや)く女王陛下が頭の中に浮かぶ。

だが、それでリーゼンロッテ女王の心残りが消えるならば、それで良いではないか。

５年晴れる事の無かった心の安寧が訪れるならば、それで良いではないか。

そう思う。

「ヘルガ！」

声を張り上げ、従士長たるヘルガにドアを開けさせ、応接室に入らせる。

「お呼びでしょうか、ファウスト様」

「私は王都に一か月ほど残る。お前達は先に領地へと帰れ」

「ファウスト様を置いてですか？」

ヘルガが、批難に満ちた視線を使者へと向ける。

私はそれを止めさせるべく、言葉を続ける。

「置いてだ。今回残るのは私の意思によってであり、王命による強制などではない。理解せよ。マルティナも一緒に連れて帰れ」

「ファウスト様、私は騎士見習いとして常に傍におります！　第一、ファウスト様の身の回りの世話はどうするのですか!!」

マルティナが続けていた思考を止め、抗議の声を上げる。

世話など、本来はいらんのだ。

そもそも、この世界ではやや窮屈な男の身であるからして、生活の殆どは自分で処理しているのだ。

「お前には騎士たるものが何か、その殆どを何も教えてやれていないのが私も不満ではある。だが、一か月後には私も領地に帰る。それまで教えた剣術の練習でもしていることだ。何、ヘルガが相手をしてくれる」

あえて言葉にはしないが、愛馬フリューゲルも今はいない。

以前にアスターテ公爵と約束した種付けのため、アスターテ公爵の領地へと旅立ってしまった。

やや不服そうな顔をしたフリューゲルの顔を思い出すが、お前の行きつく先はハーレムだぞ。

未だ童貞たるこの身には実に羨ましい事である。

「これはポリドロ領の名誉を賭しての決定事項である。ヘルガ、マルティナを連れて明日には皆で領地へと帰れ。私はイングリット商会の商業馬車にでも乗せてもらい、領地へと一か月と少しで帰る」

「……承知しました」

不服そうに、ヘルガが答える。

横のマルティナは、何か腑に落ちない、という表情を続けていたが。

元々、マルティナの助命嘆願に端を発する借りである、反対できる言葉も無かったのであろう。

コクリ、と黙って頷いた。

「それでよい」

私も黙って頷く。

うむ、何やら晴れ晴れした気分である。

まあ、それは結論としていいとして。

「それはそれとして、リーゼンロッテ女王陛下の御機嫌を伺わねばならぬ。マルティナ、そして使者殿。いくら女王陛下が気にしていないとはいえ、謝罪はキチンと行わなければならぬ。何かないか」

「何か、と言いますと？」

「ヴァリエール様と一緒に謝罪する以外の何かだ。今いないだろ、ヴァリエール様」

ヴァリエール様は今、王都におられない。

ドサ回りである。

アンハルト王国中を親衛隊の一部と共に馬で駆けまわっての、地方領主への挨拶である。

先日の女王陛下への嘆願、仮想モンゴル帝国相手への軍権の統一は殆どの諸侯、地方領主から同意を得たが。

あの場におらず、代理人も居なかった者もいるのだ。

もちろん、その全てに対してヴァリエール様が軍権を委ねるよう話し合いに行くのではない。

あの場に居なかった小領の領主騎士には、寄親から話もあるだろうし。

侯爵といった、その勢力圏内に領地を構える地方領主には、その諸侯から話があろう。

だが、いるのだ。

この私、ファウスト・フォン・ポリドロのように、どこの貴族とも縁を持ち得ない偏屈な領主騎士が。

最低限の軍役は双務的契約により行うが、それ以上の事はお互い不干渉を決め込む領主が。

私の場合は望んでではなく、母たるマリアンヌの狂人としての汚名が原因ではあるが。

ともかく。

ヴァリエール様は、そういった領主騎士へ軍権を預けるように説得のため出立された。

あの方はあの方で、ちゃんと私と一緒に女王陛下に謝ろうね、という約束を忘れている。

私もつい忘れてしまっていたけれどさ。

まあ、似た者同士というか。

政治オンチの馬鹿者同士というか。

私とヴァリエール様は似通ったところがあるのかもしれない。

そんな事を、ふと考えながらも脱線した話を戻す。

「とにかく謝罪の際に、何か言葉だけでなく贈り物を持参しなければなるまい」

「そういうことですか」

マルティナが、得心したと頷く。

そして言葉を紡いだ。

「高価な贈り物など飽きておられるでしょう。ファウスト様が、領地にて手慰みに作られた物でも贈られるとか？」

「特産物など何もない領地だとお前も知っていよう？　我が領地にて作ったもので、今持ち合わせている物なんぞ石鹸（せっけん）ぐらいしかないぞ」

石鹸。

ふと、私がこの異世界に落ちる前に得た知識を思い出すが、石鹼なんぞ西洋では珍しくも何ともない。

その製法に特別な材料なんぞ何も必要ないから、物の小説やら何やらで異世界転生チートの一つとして持てはやされていたのは判るのだが。

前世でも今世でも、西洋では8世紀頃から手工業生産品としてそこら中で製造されている、取り立てて言うほどの価値は無い物だ。

もちろん、我が領地でも私が産まれる前から作られている。

菜種やオリーブの実から油を搾り、それらを加工して作るのだ。

石鹼製造は、この異世界における男の家事仕事の一つでもある。

完全に家内工業として定着しているのだ。

「ファウスト様の石鹼は特別でしょう？　私は気に入りましたが。ボーセル領の男どもが造る石鹼は、何の味気も無く結構いい加減でしたよ」

「あんな粗末な物に、特別も何もあったものか」

香料をつくる蒸留は紀元前３０００年頃には行われ、もちろん我が領地にも蒸留器はある。

そこから作られたカモミレ油を石鹼に混ぜ込んである。

私がやったのは、ただのそれだけ。

外観はレンガブロックそのものの、質素な塊でしかない。

少しばかりの贅沢として、また領地の男どもの井戸端会議や愚痴聞きついでに一緒に石鹸を製作し、領民の各家庭に配布して使用している。

まあ、意外と喜ばれたので、領主としては満足なのだが。

「とても女王陛下の前にはお出しできない。醜い男騎士が醜い粗末な品を出してきたと笑われるわ」

「女王陛下は御喜びになると思われます。ファウスト様の手作りとあれば」

マルティナは知った風な口をきくが。

いや、本当に味も素っ気もない石鹸ブロックの塊だぞ。

気の利いた男なら、石鹸で彫刻や、何か器で綺麗に象ったりもするのだろうが。

所詮、内輪で消費するだけの石鹸なんぞに、そんな事をする気にはなれなかった。

自分の手作りとはいえ、あんなもんでいいのだろうか。

まあ、聞いてみるか。

「使者殿、念のため尋ねるが。そのような品でも女王陛下は御喜びになるだろうか。陰で馬鹿にされないか？」

「ファウスト様を笑うような真似は決してなさらないと。亡き王配ロベルト様も、バラ園のバラから搾りだした精油による石鹸を製作されておられました。おそらくは亡きロベルト様を想い出し、優しく微笑んでくださるのでは？」

ならいいか。

公爵家としての教育を受け、私より石鹼づくりが上手であっただろうロベルト様と比べられると恥ずかしいものがあるが。

「では、未使用の石鹼を箱詰めにでもして贈ろう」

「そうしてください」

マルティナが頷く。

そして、続けざまに呟いた。

「ファウスト様、身体にはお気を付けを」

「何に気を付けると言うのだ？」

「いえ……何でもありません」

全くおかしなことを言う9歳児だ。

私は、本当にあんな粗末な石鹼で良いのだろうか。

もう一度頭を悩ませながらも、使者殿を屋敷の外まで見送るように、ヘルガへと命じた。

第68話　石鹸、献上

少しばかり苛めるか。

さてはて、それとも焦らすか。

いやいや、ファウストの心証を悪くするのは良くない。

この王の間にて玉座に座る私は、色々な事を考えながらもファウストの到着を待ちわびていた。

「リーゼンロッテ女王陛下、ファウスト・フォン・ポリドロ卿が到着されました」

「通せ！」

衛兵に命じる。

現れたのは当然、礼服姿のファウストであり、その顔は太陽のように暖かく、同時に凜々しい。

筋骨隆々の体つきにして黒髪を短く刈り込み、騎士として不要な男の部分をかなぐり捨てたその姿は、私にとって逆に「そそる」ものがあった。

アナスタシアもアスターテも、ヴァリエールですら今はいない！

その事実を脳裏に浮かべると、思わずうなじから股座にかけて痺れのような衝撃が走りそうになる。

快感という名のそれである。

なにしろ、邪魔者はいないのだ。

ここから一か月ばかりは私の天下である。

姉妹を蹴落とし、王位を手にした時ですら、こんな興奮は得られなかった。

人生で唯一他にあるとすれば、私の結婚相手の釣書に亡き夫ロベルトの似顔絵が入り込んでいた時くらいか。

ああ、あの時は興奮したものだ。

この世の全てすら手にしたかと錯覚を抱いた。

もう一度だ。

もう一度、あの美酒を味わいたい。

「まずはポリドロ卿、いや、ファウストと気軽に呼んでもよいか？」

「御随意に」

「では、プライベートではファウストと呼ばせてもらうぞ」

良いな。

格別に良いな、ポリドロ卿ではなくファウストと気軽に名を呼べるのは。

まるで、それだけで距離が縮まった気がするぞ。

「まずは登城に応じてもらった事に、礼を言おう。本来は今頃、お前は領地への帰路についていたであろうが」

「いえ、リーゼンロッテ女王陛下におかれましては――」

「待て、それは良くない」

私は確かにファウストと気軽に名を呼ぶ許可を得たのだ。

なのに、お前が女王陛下呼びは少し寂しいではないか。

「ただのリーゼンロッテと呼べ」

「しかし」

「ここから一か月ばかり、私とお前は、ただのリーゼンロッテとただのファウストである。敬称はいらぬ」

肉体関係に溺れるための、その一。

まずは気軽に名前を呼び合う仲になるべきだ。

味気ない女王陛下としての装飾を取り払わせ、ただの二人の男と女。

つがいとしてのそこに落とし込まねばならぬ。

「かつて、我が夫であるロベルトが、気軽に私の名を呼んでいた風にして欲しい。嫌か？」

「それは」

ここで私は、寂し気な微笑みをファウストに見せる。

鏡で若き頃から必死に練習した寂し気な笑顔、今ではそれを超える『寂しげな未亡人の微笑み』を食らえファウスト。

王家が古（いにしえ）より伝えてきた人心掌握術に歪（ゆが）みは無いぞ。

なんか娘たるアナスタシアは眼光がめっちゃ怖いので、あの娘にとっては全くの役立ず、私の代で断絶する恐れがある技だが。

「――ッ。判りました」

ハッとした顔をして、少しばかり悲しげな顔で頷くファウスト。

よし、無茶苦茶に効いているぞ。

威力はバツグンだ！

「では、名を呼んでくれ」

「……リーゼンロッテ」

大男たるファウストの口から、私の名が漏れ出た。

うなじから股座にかけて、甘美な痺れが私を襲う。

いい。

実に良いな。

ロベルトとの愛溢れる日々を想いだす、が――いかん。

私は油断しない。

油断してはいけないのだ。

今回のチャンスを逃せば、私がファウストとの肉欲に溺れる日々は二度と来ないかもしれない。

気を取り直せ、リーゼンロッテ！

「良いな。亡き夫がそう呼びかけてくれたのを想いだす」

「……女王陛下」

「リーゼンロッテだ、ファウスト」

私は再び、寂しげな微笑みをファウストに投げかける。

ファウストは私の悲しみを少しでも癒やせないか、そんな瞳で私を見つめていた。

よっしゃ。

チョロいぞ、この男。

薄々理解してはいたが、ファウスト・フォン・ポリドロは女慣れしていない。

貞淑で無垢でいじらしい、朴訥で真面目な、童貞のファウスト。

私に手折られるために、今まで純潔を守り抜いてきたとしか思えない花そのもの。

愛おしい。

この22歳の純潔を未だ守る男が、私は今何より愛おしい。

最初はワンチャンあるかと悩んだくらいだが、これは一夜の想い出どころか凄い事になるやもしれぬ。

もう凄い事になってしまうかもしれぬ。

私はファウストに悟られぬよう、ゴクリと唾を飲み下す。

「ファウストよ。お前が今回、王配暗殺事件の調査をする事になった理由についてだが」

「理解しております。マルティナの助命嘆願における、リーゼンロッテからの借りですね」

「そうだ。そして、まあアレだ。皆まで言う必要はなさそうだが」

ここは余り、苛めない方がよさそうだな。

言葉を濁し、ファウスト側から自ら謝罪させて話は終わらせる事にしよう。

「王配ロベルト様の育てたバラを黙って盗んだ事、真(まこと)に、真に申し訳なく」

「良いのだ。ヴィレンドルフへ向かう前の壮行会の夜に、亡きロベルトが造ったローズガーデン。あれを、ファウストが心の底から美しいと褒め称(たた)えてくれた事。今は亡きロベルトも喜んでいよう。それが和平交渉のために役立てられたと言うなら、なおの事である」

これは心の底からの本音だ。

バラが盗み取られている事に気づいた時はカチンときたが、和平交渉の話を詳しく聞けば、あのバラがヴィレンドルフ女王カタリナの心を斬ったと聞く。

心を斬るよう命じたのは私である。

そして、ファウストはあのバラを盗んで入手しなければならない事情があったのだ。

それを考えれば、怒る方が傲慢といえよう。

「ファウストよ。本当の事だ。心の底から言っている事だ。亡きロベルトは間違いなく天国で喜んでいる。保証してもよい」

「女王陛下——いえ、リーゼンロッテと呼ぶ約束でしたね」

「そうだ。しばらく慣れないと思うが、慣れよ」

ああ、ロベルトよ。

何故お前は逝ってしまったのか。

未だ、天国のお前への愛は尽きぬ。

それはそれとして。

これはこれなのだ。

許してくれ、ロベルト。

正直、お前への愛を抱きつつ、ファウストを抱くと思うと、背徳感という名の興奮で胸が一杯になるのだ。

これは凄いぞ。

もう、なんか言葉で言い表せないくらい凄いぞ。

三度言うが、とにかくなんだか凄いのだ。

「カロリーヌの反逆事件における、マルティナの助命嘆願において。ファウストは私の王命に逆らった。だが、今回のロベルト暗殺事件の調査に参加してもらうことで、私からの貸しは帳消しにしよう。それでよいか？」

「承知しました。亡きロベルト様へのお詫びのためにも、一人の騎士として力を尽くします」

「それでよい」

私は微笑む。

何事も上手くいっている。

計画は順調だ。

ところで一つ気になっている事があるのだが。

「ファウストよ。先ほどから実は気になっているのだが、その脇に抱えている木箱は何であろうか？」

「使者殿から何も報告が上がっていないのですか？」

「聞いていないが」

ふむ、ファウストの言葉を聞くに、送り付けた使者にも中身は伝わっているはず、と。

──こちらの連絡ミス、つまり手落ちか？

私が眉を顰めるのを見て、ファウストがやや焦った顔をする。

「バラの件の謝罪として持ってきた物なのですが、質素な物のため、やはりお恥ずかしく。これは持ち帰ってもよろしいでしょうか？」

「まあ待て。中身は何だ」

「ただの石鹸でございます。何の特産品も無い貧乏な領地の、私が作った何の装飾も無い粗末な品で──おそらく、見た瞬間笑われるものと。私や領民が使っているような、何度も申し上げますが、本当にその粗末な物なのです」

ファウストが、顔をやや赤らめて恥ずかしそうに言う。

石鹸か。

まあ、ありふれた物と言えば、ありふれた物なのではあるが。

安物というわけでもあるまいに。

確かに王家に贈るものとしては相応しくないかもしれないが、石鹸は市場で高級品である。

「ファウストよ、お前の作った物であるならばそれで――」

い、と言おうとしたが、妙な言葉を聞いたぞ。

「何だファウスト、お前は石鹸を領民に使わせているのか？　今、おかしなことを耳にしたが」

「はい、そうでありますが？」

ファウストが第二王女相談役として就任して以来、暇を見つけてはよく会話するのだが。

時々、領民300人程度の小領主としては妙な事を口にするのだ。

この報酬で領民の減税が出来る、だの。

領民の男にも、土産を市場で買って帰らねばだの。

領民を愛する小領主らしい思いが伝わる言葉を、ひしひしと耳にはするのだが。

今の言葉通りに受け止めるとだ。

領民が、領主の一生懸命作った石鹸を使っている。

少し立場がチグハグな気がするのだが。

自分の領地には特産品が無いとたまに愚痴を漏らしていたが、石鹸を大量に作れるならそれを売ればよいのでは？

「領民が育てたオリーブや菜種畑から油をとっておりますので、当然の事であると思うのですが」

「いやまあ、お前が良いと言うなら、それで良いのだが」

まあ、王家が独立した封建領主の運営方針に口を挟むのはどうか、と思うので止めておく。

アナスタシアとアスターテは、ファウストを見事愛人にした暁にはポリドロ領に金をジャブジャブつぎ込んで、領地開発する計画を密かに立てているが。

勝手な事をすると絶対嫌われるぞ。

後でファウストに怒られろバーカ。

私は口を挟まないのだ。

敵に塩を送る趣味はない。

「絞った後のオリーブの実はワイン漬けにして食べております」

「うむ、まあそういった話はこの一か月で沢山出来よう」

領地の運営方針に口は挟まないが、ファウストとその領民がどういう生活をしているのかは気になっている。

まあ、今はそれよりもだ。

「それよりファウスト。贈答品というのであれば、有り難く受け取ろう。直接受け取るから、こちらへ」

「本当に質素なものですが」

ファウストがこちらに木箱をもって歩み寄る。

私は玉座から立ち上がり、木箱を受け取った。

それにしても——石鹼か。

「一応、香料としてカモミレ油を混ぜております」

「亡きロベルトも、バラの精油を混ぜた石鹼をよく作ってくれたものだ」

石鹼で肌身を綺麗にしてから、夜は——そう、夜だ。

うん、夜は本当に楽しかった。

5年前から私、一人寝で身体を夜鳴きさせているけれど。

開けても良いか、の一言に頷いたファウストの前で、木箱を開ける。

そこにはレンガのような塊の、粗雑な石鹼があった。

石鹼づくりではロベルトが上のようだが、それが何だ。

私には、そのファウストの粗野なところが好ましい。

嗚呼。

そうだな、ファウストよ。

お前は確かにロベルトのように、太陽のように温かい。

少しばかり気が短くて無茶をするが、どこまでも優しいのだ。

だけれども。

「その、リーゼンロッテ様？」

「様はいらんよ」

少し、ボーっとしていたようだ。

いかんな。

少し、本当に悲しい事実に浸ってしまった。

お前はロベルトによく似てはいるが、確かに違う人物なのだな。

石鹸一つで、つい泣きそうになってしまった。

ロベルトはもう、この世にはいないのだ。

5年前に、誰かに殺されてしまった。

私の目的は――

「ファウストよ」

「はい」

もう一度、ロベルトを殺した犯人を捜しだす事が本音なのか？

それとも、ファウストをこの手で抱きたいだけなのか？

なんだか、自分でも良く判らなくなってきた。

いかんな。

泣きそうだ。

「この一か月、よろしく頼むぞ」

「お任せください」

唇の震えを誤魔化すように言葉を発し、それにファウストが答えた。

それにしてもだ、天国のロベルトよ。

お前が手ずからに作り上げた石鹸を贈ってくれた際、その夜はもうとても燃えたものであったよな。

バラのうっすらとした香りが、ベッドのシーツと体液の匂いが混ざり合って獣臭のようになる。

とても興奮したものだ。

あの時はバラであったが。

私は今、その匂いがカモミールと体液の匂いが混ざり合って、獣臭のようになる。

そうなってしまっても構わないというか。

むしろ、世の中の法則的には、そうなるべきであるというか。

ロベルトが死んで5年、なんか眼光が爬虫類っぽい冷血な長女と、どことなくビクビクオドオドしている次女を育児しながら頑張って来たのだ。

一人寝の淋しさに耐えながら。

何か、私が少しいい思いをしても神罰は下らないと思うのだ。

というか、もう次女の婚約者の初物を奪い取るってすごい興奮しないか？

私的には十分にアリだと思うのだ。

教会は激怒しようが、それを認めてくれない神の方が間違っているのだと思う。

「本当に、よろしく頼むぞ」

「お任せください」

ファウストの股間。

先日の話によれば、完全体では25㎝になるという代物に激しく興味を示しながら。

とりあえず、今日に限ってはファウストも準備があるであろうし。

私もこの石鹸で身体を洗いたいし。

王宮の一部屋をファウストに与え、話を終わらせることにした。

決戦は明日、人払いをしたバラ園で。

男と女がバラ園を二人きりで歩く、何が起きてもおかしくない。

私はファウストにバレないように口の端を卑猥に歪めながら、その時を心待ちにすることにした。

第69話　ザビーネとマリーナ

ドアを連打する。

力強く、それでいてテンポよくドアを連打する。

「姉ちゃん！　ザビーネ姉ちゃん!!　無視しないでよ」

「何ー。私、今忙しいんだけど。裸だし」

「裸で忙しいって何してるのよ!!」

ドアが開く。

そこには第二王女親衛隊長にして、私の姉であるザビーネ・フォン・ヴェスパーマンがおり。

彼女はショーツ一枚姿で、その美しい金髪の長髪に、大きな乳房が隠されるような姿で立っていた。

「いや、決まってるじゃん。ナニだよ」

「死ね」

「死にます。50年後ぐらいに」

パタン、と音を立ててドアが閉まる。

私と姉の邂逅（かいこう）は、あっさりと終わった。

少し、なんだかよくわからない時間が過ぎる。

私は再び、第二王女親衛隊の隊員達に与えられた寮の一室、そのドアを力強くノックする。

「姉ちゃん！　ザビ姉!!」

「うっさいわ、この馬鹿が。私の家族といえるのは、ヴァリエール様と第二王女親衛隊の面子だけであって、もはや親も妹もいないわ」

「姉ちゃん、この間実家まで帰って私にカタリナ女王の情報を尋ねに来たよね!?　妹なんだから情報寄越せって言ったよね!?」

確かに、姉ちゃんは家から叩き出された身ではあるが。

ヴァリエール様のため、第二王女親衛隊のためと理由をつけて、情報を入手するために私によく近寄ってくるのだ。

なのにこちらから訪ねた時にはその態度かよ。

あいかわらず、傍若無人なところに成長した様子はない。

「だから何だよ、お前役立たずだったじゃん。ポリドロ卿が、ヴィレンドルフから流れて来た吟遊詩人や、交渉役だった法衣貴族から得た情報と何ら変わりなかったぞ」

「ヴィレンドルフにはまだクラウディア・フォン・レッケンベルの遺した防諜機関が働いてて、情報の入手が困難なんだよ！　カタリナ女王の弱点なんか入手できないよ!!」

「この役立たずが！」

ドア越しに、姉の罵り声が聞こえる。

ポリドロ卿。

アンハルトの英傑、ファウスト・フォン・ポリドロ卿。

そうだ、そのポリドロ卿が問題なのだ。

「姉ちゃん。そのポリドロ卿が問題なんだよ」

「ポリドロ卿？　もう領地に帰ったよ」

「違うよ。ポリドロ卿だけリーゼンロッテ女王陛下に呼び止められて、まだ領地には帰ってないよ」

ドアが開く。

そこには、顔をしかめた我が姉が立っている。

「本当に？」

「本当に」

じーっと、私の表情を観察する姉ちゃん。

姉ちゃんは、表情を眺めるだけで人の言葉の真偽を判断できる。

また、時として異様な弁舌力を発揮する。

無能ではないのだ、無能では。

だが、ヴェスパーマン家の家督相続にあたって選ばれたのは、長女であるザビーネではなく私マリーナであった。

まあ、理由は色々あるのだが。

「本当らしいな。部屋に入れ。親衛隊14名の内、10名はヴァリ様に付いて行ったが、私を含め4名は王都に残っている。そこにいつまでも立たれていては迷惑だ」

「判った」

手でちょいちょい、と部屋に入るように指示される。

私は黙って従う。

部屋は簡素な作りとなっており、家具もベッド以外に無い。

第二王女親衛隊の、歳費の少なさが窺える。

女王陛下も、アナスタシア第一王女殿下も、最近はヴァリエール第二王女殿下を可愛がるようになったと聞くが。

それはそれ、これはこれで、第二王女親衛隊の待遇改善にまでは届かないようだ。

「人の部屋をジロジロ見るんじゃない」

「ベッドに座ってもいい？」

「駄目だ、お前は立ってろ」

姉が、ベッドに一人で座る。

未だにショーツ一枚、上半身裸のままだ。

まあよい。

ここは姉の機嫌を損ねぬようにしよう。

「話の続きだ。で、なんでポリドロ卿はまだ王都に居るの？　なんで私に会いに来てくれないの？」

「姉ちゃんに会いに来る理由があるのか疑わしいけど、さっきも言ったけど女王陛下に呼び止められたからだよ」

「理由は？」

単刀直入に尋ねられる。

こちらも同様に返そう。

「亡き王配ロベルト様の、暗殺事件の調査役に任命されたからだよ」

「——ああ、そうか。マルティナ嬢の助命嘆願における貸しと、ロベルト様の育てたバラを盗んだ件に起因するものか？」

相変わらず、頭の回転は速い。

あっさりと結論に行きついた。

素直に頷く。

「そうだよ」

「じゃあ、正式に調査を任命されているヴェスパーマン家の面子はどこに行ったの？」

「そこよ！　だから困ってるのよ!!」

面子が立たない。

ヴェスパーマン家の面子は今後どうなってしまうのか。

先ほども女王陛下に謁見を願ったが、無駄だった。

女王陛下のお気に入りである若き実務官僚に『今、女王陛下は湯浴み(ゆあ)の最中である。帰られよ』とすげなく追い返されたのだ。

「先日も、ポリドロ卿に満座の席で『ヴェスパーマン家は無能だ』って罵倒されたのよ！　そのポリドロ卿が、もしも事件の解決をしたなら」

「ああ」

ザビーネ姉ちゃんがコクリと頷く。

そして、優し気に微笑(ほほえ)んだ。

「さようなら、ヴェスパーマン家」

「さようならじゃないでしょう!!」

「だって、もう終わりじゃん」

そうだ、終わってしまうのだ。

アンハルト王国の外交官の一員として、その実は周辺各国に手配した諜報員(ちょうほういん)の統括者を担ってきた家系。

そのヴェスパーマン家が、いよいよもって終わりである。

ヴェスパーマン家の名誉は地に落ちるだろう。

名誉における死は、貴族としての死をそのまま意味する。

統括者としての役職も剝奪されるかもしれない。

「ただでさえ、ロベルト様の暗殺事件に関しては何の成果も上げられず。ヴィレンドルフ戦役では敵の侵攻を察知できず。ついにはポリドロ卿には満座の席で無能と罵られた。更にはそのポリドロ卿に役目を奪われる。このままだとヴェスパーマン家の名誉は――」

「だからお終（しま）いだっつってるじゃん。さよなら。泣きながら家に帰れ」

「何とかしてよザビ姉!!」

いや、本当に何とかしてよ。

女王陛下との謁見が断られた以上、もう縋（すが）る伝手（つて）が他に無いのだ。

「私は家を叩き出されたから、今更ヴェスパーマン家が隆盛を極めようが、落ちぶれようが知った事じゃないし」

「ザビ姉が家を叩き出されたのは、まだ5歳の弟のチンコを行水中にぶんぶん振り回して遊んでたからでしょう!!」

「あの子は大爆笑してたでしょう。えっ、あれが原因で私は追い出されたの？」

いや、5歳の弟の身体（からだ）を風呂場で持ち上げて、その露（あら）わな秘所をぶんぶん振りまわしながら、『ちんちん大風車!!』とか叫んでいたのは、確かに致命的な原因の一つではある。

弟は確かにキャッキャと笑っていたが、そういう問題ではない。

この世界では子供が10人生まれても、その内の9人は女、男はたった1人しか生まれない。

世襲貴族の貴重な男子として、世襲貴族の幾人かの夫となるなり、領主騎士の夫として送り出すなり、あの子には様々な明るい道が用意されている。

同時にヴェスパーマン家にとっても更なる飛躍のための、大事な男子なのである。

そんな大事な弟に対して、何をやっているのか。

貴族の淑女として以前に、人としてどうなのか。

「あの子は笑ってたからいいじゃん。私、ポリドロ卿の嫁の一人になったら、25㎝級のちんちん大風車をさせてもらうんだ」

「ザビ姉がポリドロ卿の嫁になれる可能性はハッキリ言って皆無だよ」

だれが、こんなアホを好んで嫁にするというのだろう。

ポリドロ卿はヴァリエール様とすでに婚約しておられる。

その、今も無駄にでかい乳をぶら下げた様子から見るに、子に乳を与えるだけの乳母としての素質はあるかもしれないが。

子供の教育は間違ってもさせられない。

「ヴァリ様とポリドロ卿はなんだかんだ言って私に甘いから、誇りを投げ捨てて頭を地に擦り付けながら泣いて縋り、地面で土まみれになりながらジタバタ暴れたら、子種を分けてくれると思うんだ」

「ザビ姉、投げ捨てるほど誇りあったっけ……。そんな事を簡単に口にする存在に、人としての誇りなんてあるんだっけ……」

私は誇りの在り処（ありか）を疑問視した。

この人に誇りはあるのだろうか。

妹として見るに、絶対ない。

神が戯れに与えた幾つかの異才を除けば、恥知らずとワガママと傍若無人しか残らないではないか。

だからザビ姉は家督を継げなかったのだ。

正直、カロリーヌの反逆騒動においてこの姉が民兵を鼓舞して活躍したと言う英傑譚も、実際には無茶苦茶にやったのじゃないかと疑っているのだ。

「まあ、その話はいいや。それで、私にどうして欲しいって」

「ポリドロ卿に頼んで。私にも調査に参加させて欲しいって」

「無理じゃね？」

姉の声は、とても冷たく聞こえた。

それこそ処刑人のように。

その処刑宣告は続く。

「いやさあ、冷静に考えろよ。女王陛下も、女王陛下お気に入りの実務官僚も、こんな事すればヴェスパーマン家の面子が潰れるくらい理解してるって。それでも決行するって事は、もう完全に見放されたんだよ」

「だってどうしようもない！　ヴェスパーマン家が何したって言うのよ!!」

いや、ヴェスパーマン家は失点を出し続けた。

何もしなかったどころの話ではない、何も出来なかったのだ。

それ故にヴェスパーマン家に対して、リーゼンロッテ女王陛下は酷く冷たい。

それは理解している。

まだ若い私の能力を見込んでくれているアナスタシア第一王女が今王宮におらず、公爵や侯爵達と連れ立って公爵領に旅立ってしまった以上。

もはや私自身は何もできない。

本人曰くポリドロ卿と近しい仲であるザビ姉が、最後の頼みの綱なのだ。

私は泣き出しながら、もはや最後の嘆願のつもりで声を絞り出した。

「助けて、ザビ姉。どうにかして、ポリドロ卿と渡りをつけて」

「……」

姉ちゃんが黙る。

そうして、手を差し出してくれた。

私は喜んで手を握ろうとしたが、姉ちゃんは冷たく私の手を払いのける。

そして、冷たく一単語だけ呟いた。

「金」

その声色はどこまでも冷たかった。

鳩が豆鉄砲を食ったような顔で、姉ちゃんの目を見る。

「金だよ金。最後には金だよ。金さえ出せば、私はおふくろの顔だって笑顔で踏むよ。ポリドロ卿とその金を半分に分けることで、今回は妥協してやるよ」

「それでも姉か!?」

「姉だよ。姉ちゃんは強い人なんだよ。そして怖い人なんだよ。忘れたのか？」

確かに、ザビ姉はこういう人だった。

アホだけれど、ぬるい人でもなかった。

家督は継がせてもらえず叩（たた）き出されたけれど、4年後には初陣で成果を上げて、いきなり2階級昇位している人であった。

「えーと、おいくら？」

「ヴェスパーマン家が、今なんとか搾り出せる全額。嘘（うそ）をついたら話はこれで終わりな。私が人の顔色見る事で真偽を吐いているかどうか、見抜けることは知っているよな」

「あまりにも酷すぎる!!」

悪魔か、この姉は。

だが、断腸の思いで今出せる金額を頭の中で計算し始める。

もう時間が無いのだ。

「真面目な話をすると、ポリドロ卿に利益の無い話なんかに渡りをつけられないぞ。どの面下げて、何の手土産も無しに、こんな夕暮れに会いに行くんだよ。もう下屋敷にもいないんだろ。今どこよ」

「おそらく王宮の一室。日暮れになると登城できなくなるから、もう時間もない……」

「金は払うんだな?」

渋々頷く。

頭の中で、吐き出せる全額を払う用意をした。

姉ちゃんは私の顔をジーッと眺めた後、うん、と納得した様子で頷いた。

「今から礼服を着る。二人して王宮に向かって、ポリドロ卿に全力で頭を下げるよ」

「わかった」

私はいそいそと礼服を着ながら、登城準備を整える姉ちゃんを眺める。

嗚呼(ああ)、こうして二人一緒に歩くのは何年振りの事であろうか。

姉ちゃんが近所の男子の行水を覗(のぞ)きに行った所で相手の家族に捕まり、ボコボコにされて、それを引き取りに行った時であろうか。

あの時は酷く恥ずかしい思いをしたものだ。

姉ちゃんは、何もあそこまで殴る事ないじゃねえか、とブツクサ言いながら、ボコボコに膨れ上がった顔でグズグズに泣いて歩いていた。

何故(なぜ)、こんなアホでクズな姉ちゃんの妹として、神様は我が生を与えたのだろう。

何故、こんなアホでクズな姉ちゃんに異才だけを与え、理性というその二文字は与えなかったのだろう。

私は神の存在を疑ってはいない。

だが、姉の存在ばかりは、我らが信じる神が作り給(たも)うたものではなく。

酒と狂乱の神たるバッカスがほろ酔い気分で、なんか戯れに作ったのじゃないかと私は疑っている。

　きっとそうだ。

「金払えよ、金」

「いいからさっさと服着て」

　時間が無いのだ。

　姉ちゃんが服を着ている時間を待っている間。

　私は、姉ちゃんに渡りをつけてもらえる事になったはまず良いが、果たしてファウスト・フォン・ポリドロ卿は私の嘆願を聞き入れてくれるだろうか。

　そんな懊悩（おうのう）に頭が苛（さいな）まれ始めた。

第70話　前任者の立場

ファウスト・フォン・ポリドロ卿は、特異な存在である。

ヴィレンドルフ戦役における勝利。

ヴァリエール第二王女殿下の初陣から発展した、国賊カロリーヌの討伐。

ヴィレンドルフ和平交渉の成立。

遊牧民族国家戦に向けての軍権の統一、まあ、こればかりは未だポリドロ卿の予想が正しいかどうか判らないのだが。

たった2年間で、数々の功績を成し遂げた。

もはや、アンハルトの大英傑であるのは誰もが認めよう。

だが、英傑だからといって、ヴェスパーマン家が担当している王配暗殺事件の調査の役目を奪われては困るのだ。

もちろん、ヴェスパーマン家が何の成果も上げられていないのは事実だ。

それは恥じよう。

だが、困る。

いよいよもってウチの面子は危ない事になっており、場合によっては貴族として死ぬ。

これでポリドロ卿が事件を解決に導きでもしたら。

ヴェスパーマン家は5年間、一体何をしていたのだと言う話になる。

王配ロベルト様は本当に愛されていた。

誰もがヴェスパーマン家の無能を罵倒するであろう。

上からも下からも突き上げられ、諜報統括者としての役職は誰かに奪われるであろう。

なので、それこそ姉妹二人して地に頭を擦り付けてでも、ポリドロ卿に調査への参加協力を嘆願しなければならない。

その覚悟で来たのであるが。

「まずは、先日のヴェスパーマン家への非礼をお詫びしよう。申し訳ない」

王宮の一室。

ポリドロ卿が与えられた客間の長椅子にて姉妹して座り、対面のポリドロ卿と顔を合わせる。

先手を放ってきたのはポリドロ卿であった。

眼を閉じながら頭を下げ、謝罪の言葉をこちらに述べる。

「先日、諸侯や法衣貴族が集まった満座の席で、ヴェスパーマン家を侮辱した。酷い事をしたと思う。だが、あの時あの場所では、私にとっては必要な事であったのだ。何を言っても、言い訳にしかならぬ事は理解している。ただ言おう。本当に申し訳なかった」

じっと許しを請うように、頭を下げたまま姿勢を崩さないポリドロ卿。

意外である。

いや、もちろん諜報統括として、ポリドロ卿の人柄は知っている。

貞淑で無垢でいじらしい、朴訥で真面目な人柄。

王家の評価ではそうであるし、もちろん私の中でもかつてはそうであった。

だが、あのポリドロ卿が為した演説とゲッシュにおいて、印象は少し変わっている。

——あまりにも、直情的なのだ。

思えば、噂に聞くマルティナ嬢の助命嘆願でもそうであった。

女王陛下の王命に逆らい、頭を地に擦り付けながらの必死の嘆願であったと聞く。

ポリドロ卿の立場からはどう考えても、そのような事はすべきではないのだ。

何のメリットもない。

だが、自分の誉れゆえにそれをやってしまった。

別に頭が悪いわけではないのだ、むしろ知能は優れていると推測するのだが。

何か、ポリドロ卿はその独自にある誉れの価値観を元に行動しているようにすら思える。

騎士の誉れとしては、別に間違っているわけではない。

だが、領主騎士として、あそこまで直情的なのはいかがなものか。

考える。

そんな事は今、どうでもよい。

ヴェスパーマン家としては、その当主としては、ポリドロ卿の謝罪にどう答えるべきか。

「お気になさる必要はありません。ヴィレンドルフ戦役において敵の防諜を破れず、その侵攻を読めなかったのは事実であります。ヴェスパーマン家の明らかな手落ちでありました。こちらこそ申し訳ありません」

　こんな時に、傲慢になるほど愚かしい事はない。

　まして、今は追い詰められているのはこちらの方。

　ここはポリドロ卿の謝罪を受け入れ、快く許すべきである。

「顔を、お上げください」

「本当に申し訳なかった」

　ポリドロ卿が、その巨軀を揺すりながら顔を上げ、私の瞳を見つめる。

　本当に、ポリドロ卿の性格自体は悪くないのだが。

　そのポリドロ卿に、我が家は潰されかけている。

「ザビーネ殿、今回は謝罪の機会を設けて頂き、誠に有り難く」

「これでも長女だったからねー。私、家から放逐されたけど」

　ザビ姉が余計な事を言う。

　姉ちゃんは、私を指さしながら呟く。

「別に恨んではないし、ヴァリエール様の下は居心地いいので、構わないんだけどさ」

「その話はヴィレンドルフからの帰路にて聞いておりましたが。本当に姉妹なのですか？」

　訝し気にポリドロ卿は私とザビ姉を、つま先から頭まで比較し。

　何故か、一瞬胸元を凝視した後、更に訝し気な顔になる。

まあ、確かに私の胸は平たく、ザビ姉のようにふくよかで、かつ前方に突き出してもいないが。

子にやる乳など、乳母に頼めばよいだけの話だ。

何故、ポリドロ卿(きょう)は一瞬私の事を心底哀れそうな目で眺めたのか。

ザビ姉ほどではないとはいえ、私も諜報統括者として多少の能力は持ち合わせている。

視線で、どこで何を観察したかぐらいは判るのだぞ。

「なるほど、ご苦労されたようで」

ポリドロ卿は、私の苦労を哀れんでくれた。

なるほど、一瞬感じた哀れみの視線は、ザビ姉に振り回され続けた私への哀れみであったか。

納得する。

そろそろ、本題に移らなければならない。

王宮に滞在できる時間も少ないのだ。

「ポリドロ卿、先ほどの謝罪は受け取りました。二度の謝罪は必要ありませぬ。それよりも、本日は話があって参りました」

「何の話でありましょうか？　お詫びもありますし、多少の事ならお引き受けいたしますが。今は女王陛下からの王命もあり、その後にしては頂けないでしょうか」

ポリドロ卿の、その碧眼(へきがん)が私の顔を見つめる。

私は英傑としてのそれに、多少の威圧感を受けながら答えた。

「その、女王陛下からの王命が問題なのであります。王配暗殺事件において、本来その調査が任命されていたのはヴェスパーマン家でありました」

「……」

空気が止まった気がした。

ポリドロ卿の表情に、ピシリ、とひび割れるような音が入った気がする。

今理解した。

ポリドロ卿、おそらくは王配暗殺事件における前任者の面子とか考えていなかったな。

まあ、もちろん5年もの間、何の成果も出せなかった前任者の面子など考慮する必要が無いのは判るのだが。

「時間がありません、ハッキリと恥を申し上げます。このまま、もしポリドロ卿が事件を解決された場合、ヴェスパーマン家の名誉は地に落ちるでしょう。それは貴族としての死を意味します」

「まあ、そうでしょうね」

ポリドロ卿が顎に手を当てながら、思案の表情を見せる。

私は必死で言いつのる。

「下働きで良いのです。手足と思い、ご自由に使って頂いて構いません。どうか、何卒（なにとぞ）」

私は長椅子から立ち上がり、背筋をピンと伸ばし、靴の踵（かかと）を合わせながら。

深く、頭を下げながら頼み込む。

「ヴェスパーマン家を、この私を、王配暗殺事件の調査に加えて頂けるようお願いいたします。我が家を助けて頂きたい。もちろん、謝礼金はお支払いいたします」

ここで断られでもしたら、酷い事になる。

数々の失態の責任を取って私に家督を譲った母も、家で頭を抱えながら待っている事だろう。

何の成果も得られませんでした。

そう報告した時の、卒倒する母親の姿が目に浮かぶようであった。

母はまだ若いが、ヴェスパーマン家に降り注ぐ数々の難題、そしてザビ姉に対するストレスのせいで、明らかに歳より老け込んでいた。

今、私の肩に家の浮沈がかかっているのだ。

「コイツ金払うって言ってるしさあ、それで勘弁してくれない？」

ザビ姉がヘラヘラ笑いながら、ポリドロ卿に話しかける。

このクズ、少しは真面目に手助けしろよ。

ポリドロ卿の前でなければ、確実に殴っていた。

こちらは死ぬか生きるかの状況なのだぞ。

だが感情を隠せなければ、諜報統括役は務まらない。

落ち着け、私。

「……承知しました。協力して頂きましょう。謝礼金は要りません」

しばし思考の後、ポリドロ卿は頷いた。

押し潰されたように追い詰められていた肺が機能を回復し、安堵の息を勢いよく吐き出す。

なんとか、ギリギリで命を拾ったぞ。

「正直、私が暗殺事件を解決する事は経った歳月もあり、困難でしょう。ですが命じられた以上は、全ての事を行わなくてはなりません。どのみち前任者からは、全ての情報を譲って頂けるよう頼むつもりでありました。丁度いいお話です。調査に任命された立場として、ヴェスパーマン家に正式な参加協力を要請します」

「誠に良い判断かと！」

勢いよく、下げていた頭を上げる。

良い人だ。

本当にポリドロ卿は良い人だ。

「え、ポリドロ卿はお金要らないの？　コイツ言えば絶対払うよ」

「さすがに受け取れませんよ。立場の悪用です。その調査役としての立場を悪用してお金を受け取ったなどとリーゼンロッテ女王陛下が聞けば、心の底から私に失望されるでしょう」

「まあ、考えればそうか。でも、私にはキチンと紹介料を払えよマリーナ」

ポリポリと頭を掻きながら、クソ姉が私に言い放つ。

コイツ、ポリドロ卿が断ったのに自分はキッチリ金を取るのかよ。

しかも、本当にポリドロ卿には渡りをつけるだけで、一緒に頭を下げる事すらしてくれなかったぞ。

だけれど、それでも――ポリドロ卿の手前、ここで言い争うわけにはいかない。

いくらクソとはいえ実の姉で、確かにポリドロ卿には渡りをつけてくれたし、ポリドロ卿とザビ姉が近しいのも事実ではあるようだ。

悔しいが、姉への仲介謝礼金だけは支払うしかない。

半額になっただけマシと思うしかないのだ。

私は胸をムカつかせる。

「用件は以上でしょうか？」

「はい。日も遅いのに、こちらの急な申し出に応じて頂き、誠にご迷惑をおかけしました」

「構いません。こちらも王宮の勝手がわからず、茶の一つもお出しできず、誠に申し訳ありません」

互いに、頭を下げ合う。

なんで、こんな良い人がザビ姉と親しいのだ？

理解不能だ。

こういう真面目な人は、クズでアホな姉の事を嫌いそうなものなのだが。

「衛兵に追い出される前に失礼する事にします。ポリドロ卿は明日から調査を開始される予定ですか？」

「はい。女王陛下が公務を一時、実務官僚に任せるそうで。私と陛下で、明日はバラ園の調査を行う予定です」

「では、明日からさっそく参加させて頂きます」

さて、考えろマリーナ・フォン・ヴェスパーマン。

リーゼンロッテ女王陛下は、すっかり我が家に失望しているだろう。

お前何しに来たの？

そういった冷たい視線、或いは言葉を受けることも覚悟しなければならない。

おそらく、ポリドロ卿から正式に参加協力を要請されたとの一言で、話は通るであろうが。

「ねえ、ポリドロ卿。今晩は泊まっていっちゃ駄目かな？　夜まで話したい事があるんだ」

このクソ姉は何を言いだすのだ。

その視線は、黙って大きなベッドを見つめていた。

お前ぶん殴るぞ。

「生憎、ヴァリエール第二王女殿下の婚約者としての立場がある以上、女性を部屋に御泊めすることはできません」

ポリドロ卿が、残念そうに呟く。

何故、そんなに残念そうなんだ。

え、本当にザビ姉とポリドロ卿、男と女の関係的な意味で仲がいいのか？

冗談ではなくて？

「結婚まで純潔を守らなくてはなりません。そしてヴァリエール第二王女殿下を裏切る事も私にはできません」

ポリドロ卿は、当然の事を呟く。

呟くが、明らかに挙動不審である。

性的な事を発言されて、戸惑っていると最初は判断を付ける、が。

「でも、私と褥を共にするのは嫌じゃあないでしょう」

「……」

ザビ姉の言葉に応えるのは、ポリドロ卿の沈黙。

ポリドロ卿の顔を見つめるザビ姉の表情が、卑猥に歪んだ。

ザビ姉は、人の顔色を見つめるだけで真偽を判断できる。

え、ガチなの？

ガチなのか、この人？

ザビ姉のどこがいいのだ？

私は、ポリドロ卿の女の趣味を心底疑った。

「お答えできません」

ポリドロ卿は首を横に振っているが、もう何だか私の目にも明らかに判るくらいに残念そうである。

貞淑で無垢でいじらしい、朴訥で真面目な人柄。

それには間違いない。

だが、些か直情的であり、思慮に欠けるところがある。

その性格に、更に追記すべき事項がある。

ファウスト・フォン・ポリドロ卿は、実はエッチな事に凄く興味がある。

女顔負けの大英傑が22歳にして未だ純潔を保ちながら、実は淫乱な事に酷く興味があるとは。

もちろん、これは誰にも言えない事だ。

もしアナスタシア第一王女殿下やアスターテ公爵に一言でも呟いた場合、その場での激昂とともに、私は首を刎ねられるであろう。

口にしても、誰にも信じてもらえないだろう。

だが、それでも、いや、それゆえにか。

眼前の男騎士が純潔の淫乱であるという事実を知り、私マリーナ・フォン・ヴェスパーマンは、何だか股が濡れる程に酷く興奮してしまったのであった。

第71話　お前何しに来たの？

何の成果も上げられませんでした。

ロベルト暗殺事件における、その報告を聞いた時。

ヴェスパーマン家を潰そうか、と頭によぎった事がある。

だが、辛うじて思い留まった。

あの時は出来なかったのだ。

諜報統括たるヴェスパーマン家を、感情のままに取り潰す事など出来はしなかった。

世襲の法衣貴族は、その家系の存続に意味がある。

その家が持つ技術や知識の伝承、築き上げてきた寄子や親族関係の継承。

すでに出来上がった諜報網の破棄をしてまで、諜報統括者たる役職を別な家に挿げ替える事はできなかった。

だが正直、最近はどうでもよくなってきている。

あまりにもヴェスパーマン家の失点が多すぎるのだ。

私の後を継ぐ長女であるアナスタシアが、現在のヴェスパーマン家の当主たるマリーナを見込んでいるからこそ放置していたのだ。

代替わりの時期は近づき、私リーゼンロッテは女王としての役目を終えつつある。

だから、何事も今後はアナスタシアが決めて行けばよいし、私が口を挟む事ではない。国家にとって最重要であったヴィレンドルフとの和平交渉も、少々ファウストに知恵を与えるだけで、基本的にはアナスタシアに任せた。

何もかもこれでよい。

これからはアナスタシアの時代になる以上、邪魔にならぬように自分は権力の座から退いて行かねばならぬ。

今の今までは、そう思っていた。

この王宮のバラ園にて、ファウストに連れられて、マリーナ・フォン・ヴェスパーマンが私の眼前に姿を現すまでは。

そうだ、私は失敗した。

酷く後悔しているのだ。

機会を見て、この愚劣な女の首を挿げ替えておくべきであった。

「貴女(あなた)、何しに来たの？」

そう呟いた、私の顔は怒りで酷く歪んでいるであろう。

公人の私は酷く鉄面皮である。

だが、怒りの沸点を超えると、それは微笑(ほほえ)みへと表情を変化させる。

私の表情は、それはもう酷く酷く微笑みを深くしながら、笑っている事であろう。

この自分の奇妙な癖に、今は少しばかり感謝した。

王家の事情に疎いファウストには、私が激怒している事を悟られずに済む。

「リーゼンロッテ女王陛下におかれましては、本日もご機嫌麗しく！　本日は王配ロベルト様の暗殺事件において、ファウスト・フォン・ポリドロ卿の補佐を務めるべく参上いたしました!!」

上級法衣貴族たるマリーナは当然、私の微笑みが激怒を表す事を理解している。

声は上擦り、いつもの武官然とした様子は見られない。

もはやヤケになったように声を張り上げ、膝を折った姿のままで、私の顔を見据えている。

いい度胸だ。

真正面から、ブチのめしてやる。

アンハルト女王にして、代々狂戦士の超人たる血筋を引く、このリーゼンロッテを甘く見るなよ。

貴様の首をへし折り千切る事ぐらいならば、武器が無くとも素手で十分なのだ。

「貴女、何しに来たの？」

マリーナの言い訳なんぞ聞きたくもない。

ただ繰り言を吐き捨てる。

何故、諜報統括者たるお前が、私のファウストに対する恋心を読めないのか。

先代のヴェスパーマン家当主は、もう少し空気を読めたぞ。

無能だったがな！

私はもう、今日こそはバッチリ決めるつもりで来たのだ。

お気に入りのオープンバックドレスに、王家一族の自慢である赤毛の長髪によく櫛を通し、ファウストから貰った石鹸でよく湯浴みをし。

ファウストと同じ、カモミールの匂いを身体中から振りまきながら、バラ園に来たのだ。

二度言うが、もうこのバラ園でバッチリ決めるために。

私は泣く予定であった。

亡きロベルトの事を思い出しながら、心の底から大いに泣く予定であった。

ファウストはその巨軀で、私に胸を貸しながら慰めてくれたであろう。

そして、私に股を開いてくれたであろう。

もう私の中で、それは決定事項であった。

今頃はもうバラ園で、二人して凄い事になっている予定であったのだ。

「リーゼンロッテ女王陛下――失礼、リーゼンロッテとお呼びする約束でしたね。今回の王配ロベルト様暗殺事件の調査には、前任者であるヴェスパーマン家の協力が必要と考えます。バラ園を歩きながら、当時の状況について尋ねたいと思います」

相変わらず私のファウストは真面目である。

貞淑で無垢でいじらしい、朴訥な人柄。

その行動に澱みは無い。

ああ、確かに真面目なお前なら、ヴェスパーマン家に調査の協力をさせるであろうなあ。

私は額に手をやり、幾分か体温の低い手で、火照った熱を冷ます。

この展開は、想定の一つではあった。

だが、余りにも早すぎる。

空気の読めないこの目の前の小娘が、必死になってファウストに渡りを付けようにも、それを可能にするアナスタシアは今公爵領に向かっていて――そうか、ザビーネか。

ヴェスパーマン家から放逐された、第二王女親衛隊隊長。

あのチンパンジーがまだいたか。

小娘どもが！

「問おう。ファウストへの渡りを付けたのは、お前の姉であるザビーネか？」

「――はっ、その通りです」

幾分か逡巡（しゅんじゅん）した後、マリーナが頷（うなず）く。

この小娘！　この小娘！　この小娘どもが!!

表向きには微笑を浮かべながら、内心でひたすらに罵倒する。

何故に私の邪魔をするのだ。

私は本日のファウストとのデートを、心の底から楽しみにしていた。

ファウストと、私の愛の結実。

教会は激怒しようが、それを認めてくれない神の方が間違っているのだ、と。

昨日、一度はそう考えたものの、湯浴みの最中で考えなおした。

むしろ、神は認めてくれないどころか、私に神命を与えたのではないか。

私は神から祝福を受けたのだ。

そうとしか思えない。

だってアナスタシアもアスターテもヴァリエールも、まるで計画されたように今は王都にいない。

これはもう、明らかに神の祝福を受けている。

神が私にファウストの初物を摘むよう、使命を与えたのだ！

それはもう誰の目にも明らかではないか!!

油断すれば奪われる。

所詮、この世は弱肉強食が定め。

力無き統治者ほど、国民にとって害のある物はない。

女王の座を退く前に、この世の厳しさを、この母であるリーゼンロッテ自身が娘や姪に教える。

もうこれは感謝されてしかるべき事案であり、譲ってもフィフティ・フィフティであり、喧嘩両成敗であるとして娘や姪は許すべきなのだ。

そもそも創世記において、息子と近親相姦しやがった奴に比べたら大したことではない、些細な事であるのだ。

目の前に差し出された肉食って何が悪い！

自分の娘の婚約者に手を出して何が悪い！

思考は散文的に、ただひたすらに暴走を続けるが。

もちろん私は微笑みを浮かべたまま、口から虚を吐く。

「なるほど、ファウストの言はもっともだな。それはそれとしてだ。本日のバラ園の調査に関しては、まずファウストと私の二人だけで行うべきだと――」

私は勝利の美酒を味わうため、ファウストの羞恥という名の無花果(いちじく)の葉を一枚一枚取り去っていく作業をバラ園にて行うため、当初の計画案を実施しようと口にするが。

「リーゼンロッテ、それは駄目です。調査ではなく、無駄な散策となってしまいます。ここは一度三人で当時の様子について話し合うべきです」

ファウストは真面目だなあ。

しかし私が調査したいのはお前の身体なのだよ!!

「私もそう考えます！」

ここで声を張り上げるマリーナは、空気が本当に読めない奴である。

小娘は黙っていろ！

クジラのケツにドタマ突っ込んでおっ死(ち)ね！

私は脳内で罵倒しながらも、考える。

どうすればいい？

どうすれば、この邪魔な小娘を潰せる？

まさか、本当に力技で亡き者にしてしまうわけにもいくまい。

少なくとも、ファウストの眼前でそれは出来ないのだ。

奥歯を噛みしめる力が、自然と強くなる。

考えろ、リーゼンロッテ。

何か、何か方法はないのか。

「リーゼンロッテ。手を」

ファウストが歩み寄り、私の手を握る。

――冷えた私の手と違い、その手はゴツゴツと剣ダコと槍ダコで膨れ上がっており、熱量を感じさせる。

ふとロベルトの事が、頭をよぎる。

この手が原因だ。

もっとも、ロベルトの手は鍬ダコであり、農業と園芸のそれによる膨れであったが。

胸が、きゅうと小さくなるように痛む。

たまらなく悲しくなってしまう。

あまりにも、このファウストという一人の騎士は、その行動の一つ一つにおいてロベルトを想い出させる。

顔は似ていない。

ロベルトも身長は高く筋骨隆々とした容姿ではあったが、さすがにファウストのような鍛え上げられた鋼の肉体ではなかった。

ロベルトとファウストを相似させるのはたった一つ。

太陽としてそこにある、その雰囲気だ。

私は、太陽を一度失ってしまった。

だが、もう一度手に入れようとしている。

私は強く、ファウストの手を握り返す。

「とりあえず、一緒にバラ園を歩きましょう。一緒に手を繋いで、王配ロベルト様がリーゼンロッテに捧げたバラ園を私に紹介してください」

「……ああ」

頷くしかない。

とりあえず、今日は諦めるしかない。

私の心中には燻る物が残っているが、それでも今日は――

二人手を繋いで歩くだけでもよい。

私は、もう納得しかけてしまっていた。

侍童だった時のロベルトが、私にニコニコと笑いながら、まだ基礎すら出来上がっていないバラ園がこれからどうなるのか。

他の侍童とは違い、女王候補である私に何の悪意も目論見も無く、地面に木の棒で線を引きながら。

本当に心の底から、嬉しそうにあの人は笑って私にバラ園の説明を——。

そう、一言一句覚えているのだ。

ここが、中央のローズガーデンで、ガーデンテーブルを置いて、そこから１００ｍも続くバラの小径——散歩道を作って。

本当に嬉しそうに笑っていた。

嗚呼、本当に。

「何故死んでしまったのだろうなあ、ロベルトは」

「……それを、今から調べ直しましょう」

「ファウスト、今一度、私の心をお前に話しておきたい」

手を握ったまま、それが離れぬよう指を絡め合い、会話を続ける。

「私はな、今回の事件の解決など求めていないのだよ。もちろん、解決するに越したことはないが。もう5年になる。私は心の安寧が欲しい。全てをやるだけやったのだという、諦めが欲しいのだ」

「伺っております」

ファウストが、歩き出す。

一言、マリーナに対して後ろから付いてくるように、指示を飛ばしながら。

慌てて立ち上がったマリーナを背後につれ、ただただバラ園へと足を踏み出す。

「私は心の底から騎士としてあるがままに忠誠を尽くし、可能な限りの調査を行うように致します。女王陛下の心残りがせめて消えるように。やるだけの事はやったと満足がいくように」

「ああ、そうだな」

ファウストは鈍い男だ。

アナスタシアからの強い好意にすら、全く気づいていないし。

アスターテの事はただの尻好きの淫獣と看做（みな）している。

私の好意に至っては想像の範疇（はんちゅう）外であろう。

だが、その恋愛に疎いズレたところが私にはただただ、愛（いと）おしかった。

仕方ない、ひとまず妥協しよう。

「マリーナ、ひとまずお前の話を聞いてやろう。全ての情報の引き継ぎ、お前の役割を話し終えた後は立ち去れ」

今日ばかりは、ファウストを抱く気にはなれなくなってしまった。

今度にしよう。

とりあえずは、ファウストとマリーナの考えるようにやらせてやる。

ヴェスパーマン家の面子（メンツ）を立たせてやろうではないか。

正直、族滅させてやりたいものだが。

「有り難うございます。この一か月、ポリドロ卿（きょう）の手足となってヴェスパーマン家一同にて、再調査にあたります!!」

ハキハキとしたマリーナの声。

酷(ひど)く鬱陶しい。

ファウストさえこの場にいなければ、既に首をねじ切って玩具(おもちゃ)にしているというのに。

惚(ほ)れた男の前では、選帝侯たる私と言えど、さすがに淑女でいなければならなかった。

空を仰ぎ見る。

ロベルトは、今頃天国で私の様子を眺めてくれているだろうか。

もはや、夜はなく、ともし火の光も太陽の光も要らない。

神により照らし出されたその場所にて、私を見守ってくれているだろうか。

もし見守ってくれているのならば、私の本願が叶(かな)う事を願って欲しい。

お前の造り上げたバラ園にてファウストを押し倒し、5年ぶりに凄(すご)い事をする。

女王という公人の立場からも、なんか母親への敬意が微妙に感じられない娘達(たち)からも解き放たれ、5年ぶりに全てを解放するのだ。

お前が天国から見てくれていると思えば、もうそれだけで私は背徳感から興奮できる。

味気の無い、塩味だけのパンすら美味(おい)しくなるのだ。

だから、ずっと私を見守っていてくれ、ロベルトよ。

手を繋ぎながら、バラ園の中に入る。

私はファウストを案内するように、ローズガーデンの入り口を見渡しながら。

バラ園のデートにて、初めてロベルトとキスをしたときの味を口内に思い出していた。

第72話　カモ食わねえか？

第二王女親衛隊は貧乏である。

第二王女親衛隊の隊員達に与えられた寮、その共有の小さなダイニングルームにて私は思う。

ヴァリエール様の初陣における功績により、我々は一階級昇位した。

私達の手柄とはとても言えないが、来年にはヴィレンドルフ和平交渉の功績により、更に昇位するであろう。

経済状況は多少マシになってきた。

だが、世襲騎士の階位まではまだ遠い。

更に言えば、第二王女親衛隊の役職手当は、第一王女親衛隊のそれと比べると安い。

ヴァリ様の歳費が、とにかく安いから仕方ないのだ。

とにかく金がない。

どうしても、装備を重視すると金がかかるのだ。

私達は、実家から騎士装備一式を与えられて送り出されたのではなく、それこそ捨てるように放逐されたのだから。

まあ愚痴を言えば長くなるので、もう止めておこう。

そんな金がない私達に、だ。

「カモ食わねえか？」

親衛隊長であるザビーネが、何故か数匹の鴨を腰にぶら下げて帰って来た。

私達3人と言えば、朝食中である。

硬いパンをミルク粥に漬けて柔らかくして、流し込むように口に詰め込みながら、少し考えた後。

親衛隊員の一人である私は、思わず呟いた。

「どこの教会から盗んできたの？」

「盗んでないわ！　私をなんだと思っている!!」

なんたって、アンハルトからヴィレンドルフまでで、一番頭がおかしい女と後世で言われてもおかしくないのが、目の前のザビーネだ。

お腹空いた↓肉が食いたい↓どこぞの教会に行って肥育されている鴨を盗んできた。

このルートはあり得る。

「お前等、肉は要らないのかよ」

「いや、食べたいけど、どっから盗んで来たのかを、まず聞いてから判断するよ」

ヤバイところのものではなかったら、食べよう。

ヤバイところのものだったら、私と他の隊員の計3名でザビーネをシバいて、謝りに行こう。

ストッパーであるヴァリ様がいない今、私達3人がしっかりザビーネを止めなければならない。

「ちゃんと実家で肥育している鴨を奪ってきたから大丈夫だよ！」

「……」

少し、考える。

私達、実家と縁切りをしているから家に帰れないだろ。

というか、私達だって実家なんぞに帰りたくない。

この隊員寮が私達の家だ。

ヴァリ様だけが私達の主である。

それだけはザビーネも仲間として、絶対に裏切らない。

ザビーネ、何しに実家に帰ったのだよ。

というか、奪ってきたってお前。

「朝っぱらから飯も食べずに姿を消したかと思えば、実家に鴨盗みに行ったの？　そもそも何で鴨なんか肥育してんのさ、お前の家」

「いや、真正面から怒鳴り込んで、金をせしめに行ってた。鴨は来客用に肥育しているものので、ついでにぶっ殺して奪ってきた」

金って、何の金だよ。

3人して訝し気な顔をしながら、粗末な朝食を終え、木製の食器を片付ける。

その間もチラチラと、ザビーネが何故だか凄い自慢げに、私達の目の前に突き出してくる鴨を見る。

鴨は食いたい。

そんな私達の思考など、ザビーネの悪賢い頭では理解しているのであろう。

ニンマリと笑いながら、これを見ろ、と言い放ちながらダイニングテーブル上に袋を投げた。

その袋から、ジャラリと零(こぼ)れ落ちる金貨。

選帝侯として鋳造権を持つ、アンハルト王家が発行した金貨である。

「……」

「どうだ、凄いだろ」

「え、これ何枚あるの?」

ダイニングテーブルから、自分の年給に値する額の金貨が零れ落ちて床に転がる。

眼(め)が眩(くら)むどころか、正直ドン引きした。

袋の中身は少なく見積もっても、私の一生分の給金を遥(はる)かに超えている。

お前、何したの?

背筋にゾクリと悪感が走る。

絶対ヤバイ事した。

絶対にヤバイことしやがったぞ、コイツ。

「とりあえず殴る」

「なんで!?」

私達3人は親衛隊長たるザビーネを捕まえて、リンチする事にした。

※

「お前等カモ食うな」

「謝ったじゃん！」

「お前等が謝ったら、私の殴られた痛みが消えるのか？」

行きつけの、小さな安酒場である。

ザビーネと隊員三名、今回ばかりは貸し切りとはいかない。

隅っこのテーブルで安ワインを口にしながら、鴨肉のスープが出来上がるのを待つ。

この酒場は材料持ち込みで、料理してくれるから好きだ。

「鴨肉が食べたいんだよ！」

「そうだろうと思って、家の鴨ぶっ殺して持って帰って来たのに、なんで私が殴られなきゃならないの？」

ザビーネは酷く不機嫌である。

いや、お前の日ごろの行いが悪いからだろ。

絶対にコイツ、ヤバイ事やらかしたと思うだろ。

今までの人生で見た事も無い、とち狂った枚数の金貨をダイニングテーブルにぶちまけたのだぞ。

私達は悪くない。

鴨は食べたい食べたい。

肉汁で口の中を一杯にしたいのだ。

「とりあえず、話は聞いたけど。ようするにあの金貨の山は、ポリドロ卿と渡りをつけるための仲介金なんだな」

「そうだよ。私とポリドロ卿との共同作業だよ」

何が共同作業だ、何が。

それにしても凄まじい額だった。

ヴェスパーマン家、かなり貯め込んでいたのだな。

「いや、本当によかったの？」

「何が？」

「いや、さすがに……」

あの額を分捕ってくるのは無いだろ。

それに、その上で「お腹が空いたから、ついでに鴨をぶっ殺して持って帰ろう」って山賊でも考えないわ。

どういう思考回路をしているのだザビーネ。

「もう実家じゃないから知った事じゃない。私はザビーネ・フォン・ヴェスパーマンと名乗ってはいるけど、ただそれだけ。もう諜報統括としてのヴェスパーマン家とは赤の他人だから」

しれっ、と呟きながら、ザビーネは安ワインを口にする。

呟いたその声色は、酷く冷たいものであった。

背筋が寒い。

身内としては怯える必要もないのだが、ザビーネの冷酷さを見た。

貴族教育としての冷酷さ、騎士教育としての冷酷さ、どちらでもない。

ザビーネ・フォン・ヴェスパーマンという一人の女は、おそらくは最初からこう産まれついたのだろう。

そういえば、初陣でも最初に敵をぶっ殺したのはザビーネだ。

何のためらいもなく、至極当然の事のように平気な顔をして殺していた。

その後は戦争の熱狂に呑まれるでもなく、後方に下がり、淡々と戦闘指揮を執っていた。

正直、あの時は後ろから掛けられる指示が、心の底から有り難かった。

ザビーネを隊長にして良かったと思った。

それはそれとして。

お前ぶっちゃけ怖いよ。

「そんな目、するなよ」

酷く傷ついた表情でザビーネが呟く。

いつものヴァリ様にシバかれている時の顔ではなく、本当に傷ついたという顔だ。

思わず目を覆い、恐怖の目で見てしまった事を後悔する。

「悪かった」

素直に謝罪を口にした。

ザビーネは私達の隊長であり、それ以前に仲間だ。

それをこんな目で見てはならない。

ハンナがヴァリ様を庇って死んだとき、狂ったように泣いていたザビーネの事をもう忘れたのか。

「本当に、悪かったよ」

心の底から謝罪をする。

椅子に座ったまま頭を平に下げる。

それは私だけでなく、他の二名も同じであった。

「もういいよ。それより、あの金の使い道についてなんだけどさ」

あっさりとザビーネが許しの言葉を呟く。

そして、金の使い道について矛先を向けた。

「使い道って、まあザビーネが鎧や馬でも買えば?」

「まあ、私も使うよ。使うけど、それより兵が欲しいんだよ」

「兵？」

ザビーネの言っている事がよく判らない。

我々は騎士教育も中途半端なので、この辺りは教養のあるザビーネに負ける。

騎士教育はちゃんと受けたのに、どこか頭がおかしいからという理由で放逐されたらしいザビーネとは違う。

「従者だよ、従者。騎士にはやっぱり従者が必要でしょ」

「馬も持ってない私達に従者が必要だと？」

「要るに決まってる。馬も必要かなー、とは思ったけどさあ。先に兵だよ兵。やっぱり数が必要だよ。私達はポリドロ卿みたいな、一騎当千の超人じゃないんだよ。数こそが暴力になるよ。ぶっちゃけ死にたくないし」

ズバズバと本音を吐く。

まあ、私もヴァリ様のために死ぬなら笑って死ねるが、別に好き好んで死にたいわけでもない。

ハンナの死は大きかった。

これ以上騎士の数を減らすのは、ヴァリ様にとっても宜しくない。

未だにハンナの死による欠員補充を、ヴァリ様は拒んでいるのだから尚更だ。

我々はもはや、簡単には死ぬことが許されない立場なのだ。

「私達が初陣を共にしたポリドロ領民ほどの練度も忠誠も求めちゃいない。だけど、最低限逃げない奴(やつ)が欲しい」

「つまり?」

「どこにも行けない、行く場所の無い、私達と同じようなスペア。平民の三女や四女を、従者として雇い入れようと思う」

あれだけの金があれば、確かに可能だろう。

そして「私達と同じようなスペア」という言葉は、酷く聞こえが良かった。

なるほど、私達と同じく家から放逐された女達なら、青い血と平民の垣根はあれど上手(うま)くいくかもしれない。

「捨てられた者同士、仲良くしましょうねー、て奴だよ。装備だって、あれだけの金があれば買える。ポリドロ卿を見習おう。騎馬対策に、柄(え)の長いパイクを用意しよう。マスケット銃やクロスボウもいいな」

「銃が手に入るの?　あれ、金さえあればって物じゃないでしょ」

「私、ポリドロ卿に司祭への推薦状書いてもらって、この間ケルン派の改宗を受けてきたんだよ。何せ実家から放逐された立場だから、私個人が改宗しても誰にも迷惑かけないし」

何時(いつ)の間にそんな事になっていたのだ。

というか、何から何まで準備が良すぎる。

いつからザビーネはそんな計画を考えていた？

ヴァリ様に用意された歳費では、とても成し得ない計画だぞ？

ザビーネの頭が幾ら回るとはいえ、急に大金が入るなんてことは想像の余地もなかったろう。

想像できてたら怖い。

というか、想像できなくても、こうも頭がくるくる回っているザビーネは純粋に怖い。

「ケルン派はメリットが大きい。ケルン派は火力を信仰している。ケルン派は信徒の浄財を火器開発に注いでいる。ケルン派は宗派の拠点でマスケット銃を大量生産している。ケルン派はマスケット銃を信徒に安く売ってくれる。なんて素晴らしいんだ、ケルン派」

頭おかしい宗派。

どう考えても頭おかしい宗派である。

この世界のマスケット銃を持っている傭兵を見れば、もう確実にケルン派である。

ポリドロ卿に関してはポリドロ領自体が、遥か昔からケルン派を信仰していたらしいから、どうしようもないのだが。

「ついでだ。お前等もケルン派に改宗しろ。従士にする平民達も、全員ケルン派に改宗を受けさせるぞ。数を集めれば、より安くマスケット銃を売ってくれるだろう。楽しくなってきたな」

私はお前が恐ろしくなってきたよ、ザビーネ。

何でコイツ、長女なのに家を継げなかったのだろう。

いや、品性もない、理性もない、コイツが家を継げなかったのは理解できる。

４年間、この馬鹿と付き合ってきた第二王女親衛隊とヴァリ様なら、もう嫌というほど理解できる。

それにしたって、ヴェスパーマン家は最後の最後、ギリギリまで死ぬほど悩んだのじゃないかと思う。

一度、登城していた先代のヴェスパーマン家当主を目にしたことがある。

年齢に見合わず、酷く老け込んでいた。

全部ザビーネのせいだろうなと思う。

コイツを押しのけて家督相続を勝ち取ったマリーナは、それほど優秀だったのだろうか?

「なあ、ザビーネ。お前の妹って優秀?」

「何だよ、突然。そりゃ優秀だよ」

お前より優秀なのかが聞きたい。

理性も品性もあるザビーネを想像すると、吐きそうになってきた。

「当主継いでも問題ないくらいには、優秀だけどなあ。アイツ空気読めないところあるからなあ」

「空気が読めない?」

「うん。まあ経験が足りないってのは、とにかくデカイ。私みたいに、本当にキッツイ目を味わわされた事が——ハンナの死を契機にして、どうすれば皆が死なずに済むか、どうすればヴァリ様を守れるか、みたいな事を一度も考えた事が無いんじゃないかと思う。ギリギリの限界まで、追い込まれた事が無い。自分が死んだほうがマシだったたって目に遭った事が無いから、ぬるいのはまあ仕方ない。でも、やっぱりぬるい」

そんな事考えていたのかザビーネ。

考えていたのだろうなあ。

先ほどから口にしているアイデアは、ずっとずっと考えていないと、さすがに出てこないだろう。

まだハンナの死を気にしているのだろうか。

——している、だろうな。

ヴァルハラに逝ってしまったハンナは、ザビーネの事などこれっぽっちも恨んでいないだろうに。

ザビーネの知能は、ハンナの死を契機に異様なまでに発達している。

品性と理性が払底している事だけは変化がないが。

「要するに、詰めが甘い。色々とぬるい。何も諜報統括で文官たるヴェスパーマン家の当主に、本当に戦場に出て命のやり取りやってこいとまでは言わない。でもまあ、一度痛い目に遭った方がいい。これから遭うだろうけど」

「ん？」

何か、今妙な事を口にしたが。

ザビーネは口元に手をやりながら、何やら思案顔で呟く。

「お前等に尋ねるけどさあ。仮に自分が好みの男と、バラ園で二人きりのデートの誘いに成功したとしよう。私ザビーネが、何故か邪魔しに現れました。さあどうする？」

「ぶっ殺す」

答えは一つだ。

ぶっ殺すに決まっている。

「うん、殺すだろね。私だって、ポリドロ卿とのデートを邪魔されたら、そいつを殺すし。まあそう言う事だよ」

「どういう事？」

「そう言う事だよ」

ザビーネが一人で、よく判らない事を口にする。

「なんかライオンは子供を育てる際に、その愛情から子供を崖に突き落とすって吟遊詩人に聞いたことあるけど本当なのかねえ？　私は実家の仕事、吐き気がするほど大嫌いだったけど、まあ妹の事は嫌いじゃなかったよ」

ザビーネは金髪の長髪を掻きあげ、その美麗な顔で、何もかも忘れてサッパリしたような顔で呟いた。

その呟きは愛憎が入り混じった声であったが、ザビーネの心は判らない。

だが、ヴァリ様、ザビーネが私費を投じて第二王女親衛隊を強化する事に賛成するだろうか。

立場が逆転している、と反対する気もするのだが。

ザビーネもザビーネで、私費を投じてまで、我々を守ろうと言うのは。

なんとなく、こそばゆい。

「鴨肉(かもにく)のスープです」

安酒場の店主が、私達の席まで料理を持ってきた。

今はただ、ザビーネに感謝して肉を食べよう。

血の小便が出そうだ。

マリーナ・フォン・ヴェスパーマンは地獄の苦しみを味わっていた。

もう、バラ園に行きたくない。

行きたくないのだ。

この数日、女王陛下やポリドロ卿と一緒に、バラ園にて調査を行ったが。

マリーナは明確な失敗をしたことを自覚していた。

もう嫌というほどに理解した。

あそこまでポリドロ卿と私とで、露骨に態度を変えられれば、いくら空気が読めない私でも判るというのだ。

ポリドロ卿にはニコニコした顔で、全ての会話に朗らかに応じる女王陛下。

対して、私の言葉には全て否定的であり、たまに耳元で舌打ちをする女王陛下。

その舌打ちの度に、心臓と胃が引き攣りを起こして、血の小便を漏らしそうになるのだ。

というか、リーゼンロッテ女王陛下は完全に勝負服。

優雅なドレス姿で、その王家一族の自慢である赤毛の長髪によく櫛を通し、カモミールの匂いをふんわりと漂わせる。

最初に出会った時点で、アホではあるが聡い姉なら気づいて、ポリドロ卿に謝りながらもダッシュでその場を逃げたのではなかろうか。

いや、異常に勘が良い姉の事だ。

最初から、女王陛下の懸想に気づいていたかもしれない。

あの面白そうな事には猿のような好奇心で首を突っ込みたがるザビ姉が、王配ロベルト様の暗殺事件に興味を示さなかったのを、私は理解すべきであったのだ。

「リーゼンロッテ女王陛下は、ファウスト・フォン・ポリドロ卿に懸想している」

その事実が横たわっている。

自分は空気が読めない子だと、ザビ姉に言われたことがある。

ザビ姉は品性と理性が払底しているじゃない、と言い返した事がある。

童の頃の事であった。

幼き頃の事を想い出しながら、泣く。

あの頃に戻りたかった。

何故、私は大人になってしまったのであろう。

何故、私は空気が読めないのだろう。

何故、ヴェスパーマン家はここまで追い詰められているのであろう。

何故、ザビ姉ではなく、愚かな私が当主になってしまったのだろう。

そもそも諜報統括なんて役目、空気が読めない私には無理だったのだ。

「全部、私のせいだ。私が馬鹿だから、こんな事になってるんだ」

自害してしまおうか。

いや、ここで死んでしまえば、それこそヴェスパーマン家はお終いだ。

妹に家督を譲ったところで、もはや済まされる話ではない。

ヴェスパーマン家はどうなるのだ。

私は家族や、雇用している使用人達の事を考えた。

私の肩には、ヴェスパーマン家の全てが懸かっているのだ。

「私がしっかりしないと。私が、しっかりしないと。ヴェスパーマン家が潰れちゃう」

ボロボロに泣きながら、水晶玉を見つめる。

魔法の水晶玉であり、通信機としての役割を果たす。

ヴェスパーマン家が、アンハルト王家のためにコツコツと数代かけて構築した情報網である。

アナスタシア第一王女殿下にお縋りする。

もはや、残された道はこれしかない。

アナスタシア第一王女殿下とは未だ連絡が付かないが、予定ではそろそろ道中の街に辿り着くはずだ。

街には諜報員を一人忍ばせていた。

「すでに連絡は済ませてある。諜報員は、必ずアナスタシア殿下に渡りをつけてくれるはず。きっと、そのはず。いや、間違いなくやってくれ――」

自分を落ち着かせるために、独り言を呟く。

知能は、産まれてこの方、かつてないほどに回転していた。

マリーナ・フォン・ヴェスパーマンは死ぬほど追い詰められていた。

もう自分が死ぬのはいい、自分が馬鹿なのだから仕方ない。

だが家を潰すことだけは、貴族として許されなかった。

それゆえに、知能は異常なまでの発達を短時間に遂げた。

繰り返すが、マリーナ・フォン・ヴェスパーマンは死ぬほど追い詰められていた。

「……私、間違ってなんかいない」

ピンチはチャンス。

そんな言葉が、マリーナの頭に浮かんだ。

エウレカである。

古代の天才数学者が、形状の複雑な物体の体積を、正確に量るための手段を導き出した時の言葉であった。

まさにエウレカ(見つけた!)である。

血の小便が出そうなほどに、死ぬほど悩みぬいた挙げ句の結論であった。

何も間違っていない。

そうだ、マリーナ・フォン・ヴェスパーマンは、何も間違ったことはしていないはずである。

　水晶玉が光る。

　通信機たる水晶玉が、魔法力を消費する代わりに通信を行う。

「なんだ、マリーナ。あまり諜報員を使うな。王家が諸侯の土地に諜報員を潜らせてる事が知られると、不味い。当然、諸侯も潜り込まれている事ぐらいは承知の上だろうが、表向きになると困るのだ。私がお前を見込んだのは、ヴェスパーマン家の諜報網が欲しいからであって、ハッキリ言ってしまえばお前個人としては空気が読めないところが……」

「申し訳ありません、アナスタシア第一王女殿下。至急ご報告したいことがありまして」

「何だ。早く言え」

　爬虫類じみた鋭い眼光。

　将来アンハルト王家を継ぐものとしての、その威圧感は凄まじいものがある。

　あの憤怒の騎士たるポリドロ卿ですら、アナスタシア第一王女の視線を受けると怯えている。

　マリーナは、今までアナスタシア第一王女の前ではあえてハキハキとした受け答えをすることで自分を誤魔化してきた。

　マリーナは、アナスタシア第一王女に心底恐怖していたのだ。

　だが、今のマリーナの心は微動だにしない。

　水晶玉越し、だからではない。

覚悟を決めたのだ。

マリーナ・フォン・ヴェスパーマンはこの時、血の小便が出そうなほどにまで追い詰められて、ようやく諜報統括たるヴェスパーマン家の当主として覚醒したのだ。

「リーゼンロッテ女王陛下が、ポリドロ卿に王命を下されました。内容は王配ロベルト様の、暗殺事件に対する調査です。ポリドロ卿は領地への帰還をお止めになり、王宮に滞在しておられます」

単刀直入に喋る。

マリーナはこの言葉だけで、英明な殿下であれば、全てを理解されるだろうと思った。

今まで、自分は空気が読めない馬鹿な女だと自嘲していたのだが。

全て、馬鹿馬鹿しい事なのだと、今になっては思う。

そう、マリーナはエウレカ！したのだ。

読むべき空気を見つけたのだ。

「……あの、クソババアが！」

殿下は激昂した。

当然である。

アナスタシア第一王女殿下とアスターテ公爵は、ポリドロ卿に懸想している。

それは情報として知っていた。

更に、ポリドロ卿はヴァリエール様の婚約者でもあるのだ。

邪魔して何が悪い。

私は何も間違ってはいない。

舌は、もはや自分の物ではないかのようにベラベラと回りそうであった。

アホではあるが演説の異才を持つ、家から放逐された、かつての姉ザビーネ・フォン・ヴェスパーマンのように。

もはや、ザビ姉と慕う事はあるまい。

ここに至ってマリーナ・フォン・ヴェスパーマンは、自分の姉ならば現状まで「読み切った」事にも気づいた。

怒りは覚えたが、まあ自分が愚か「だった」のだから仕方あるまい。

マリーナは、数分前の自分を酷く滑稽に思った。

「私は邪魔しました」

「何？」

「私は殿下のために、妨害工作を行いました。ポリドロ卿に対し、かつての姉であるザビーネに必死に渡りをつけるよう頼み込んで、調査に参加しました。ポリドロ卿はまだ純潔です」

嘘も方便である。

実際、やっている事は傍から見れば、妨害工作そのものである。

事実である以上、何の問題もない。

「もちろん、それには多額の費用が必要となりましたが……」

「よくやった！　金は補塡してやる！　クソババアの歳費からな!!」

「有り難うございます」

マリーナは、ヴェスパーマン家が数代積み上げた貯蓄の半分を、ザビーネに奪われた。

これは恥ずべき事である。

だが、数日後にはちゃんと補塡の目途を立てたのだから、御先祖様達がお怒りになる事はあるまい。

激昂するアナスタシア第一王女の前で、マリーナはゆるやかな笑みを浮かべた。

「いつお戻りになりますか？」

「一か月で帰る！」

「承知しました。ポリドロ卿の王配暗殺事件における調査期間も、丁度一か月であります。私はその期間、妨害工作を続けます」

何の事はない。

気付いてしまえば、簡単な事であった。

これからのヴェスパーマン家が忠誠を誓うのは、アナスタシア第一王女殿下である。

リーゼンロッテ女王陛下ではないのだ。

だが、それまではバランスが重要となる。

今はまだ、リーゼンロッテ女王陛下の時代である。

お怒りになったリーゼンロッテ女王陛下が、私の首をお刎ねになる。

首を捻じ切られ、玩具にされてしまう。

それだけは避けねばなるまい。

妹はとてもではないが、諜報統括たるヴェスパーマン家の当主には就けないであろう。

スペアのスペアとして教育がおざなりになっており、能力が足らないのはもちろんある。

だが、それだけではない。

一言で言ってしまえば「ぬるい」のだ。

これぱかりは、死ぬ気にならなければ辿り着けない境地であった。

なるほど、ザビーネがあそこまで異常に知能を発達させたのも、今のマリーナにはよく理解できた。

かつての姉は、初陣を経験することで変わったのであろうか？

推測にすぎないが、そうだろうと思う。

「マリーナ、お前は変わったな」

「ええ、変わったと自覚しております。但し、間違いなくいい方向であると理解しております」

「よろしい。私アナスタシアは、お前に対する見解を修正しよう。お前は酷く優秀になった。諜報統括たるヴェスパーマン家の当主として、相応しい顔つきになった」

お褒めにあずかり、至極光栄です。

マリーナは頭の中だけで、その言葉に応えた。

ここで調子に乗れば、アナスタシア第一王女殿下は「そういうところが駄目なんだ」と激怒するのは判(わか)っていた。

マリーナは、確かに「エウレカ!」したのであった。

※

小娘が。

リーゼンロッテは激怒した。

マリーナを一目見ただけで理解したのだ。

コイツ、覚悟を決めて来やがった。

「おはよう、マリーナ」

「女王陛下におかれましては、ご機嫌麗しく」

リーゼンロッテは、マリーナへの心理的圧迫を一週間かけて行った。

いずれ血の小便が出て、ベッドの上で寝込むことになるであろう。

人心掌握術として、正の方向だけではなく負の方向でも、リーゼンロッテはよく理解していた。

あと一日も圧迫すれば潰れる。

マリーナは、バラ園から消え失せるであろう。

もうすぐだ、もうすぐ美酒が手に入る。

ファウスト・フォン・ポリドロ卿という美酒が、この手に落ちる。

落ちるはずだったのに！

マリーナ・フォン・ヴェスパーマンは潰れるどころか、一人の貴族として覚醒を始めていた。

「まだファウストは来ていないが？　随分と朝早くから、私の部屋まで訪ねて来た理由を聞こう」

「アナスタシア第一王女殿下およびアスターテ公爵より、伝達がありました」

「ほう。聞こうではないか」

なるほど、アナスタシアと連絡をとったのか。

私はマリーナを睨みつける。

だがマリーナは、今までのビクビクオドオドした様子と違い、何の気負った様子もなく呟いた。

「首を洗って待ってろ、との事です」

実際には、その後にクソババア！　とでも罵りが付いたのであろうが。

それを口に出さない程度には、この目の前のマリーナという女は空気が読めるようになっていた。

今までのマリーナとは違う。

殺すか？

一瞬、殺意が芽生えるが、さすがに本当に殺してしまうのは不味かった。

マリーナが空気を読めないアホから、本当に優秀な人材として成長したなら、尚更な事である。

さすがに有能な人材を殺すのは躊躇われた。

一つ試そう。

「で、お前はどうする？」

「私は女王陛下にお仕えする身であります。リーゼンロッテ女王陛下の邪魔をするつもりはありません」

ここでアナスタシアに味方すると言うのであれば、この場で殴り倒して、そこら辺の空き部屋に転がしておくつもりであった。

ファウストには、今日はマリーナは休みのようである、とでも言えばよい。

だが、あくまで私の邪魔をするつもりはないと。

空気が読めるようになったようだな。

「ならば、消え失せろ。家に帰って寝るがよい」

「今すぐ、そうしたいところです。ですが、私にもアナスタシア第一王女殿下への立場という物がありまして」

「ふむ」

マリーナは、もはや私に心の底からの忠誠を誓ってはいまい。

忠誠のベクトルは、すでにアナスタシアに向かっていよう。

だが、そんな事はどうでも良い事なのだ。

本当に大事なのは、ファウストを手に入れるための邪魔を、この女がしないかどうかなのだ。

「あと少しだけ、時間をください。その後は殴り倒して、私をそこら辺の空き部屋にでも転がしてくだされば言い訳も立つでしょう」

「アナスタシアへの、お前の最低限の面子は立つと言う事か。私は娘に激怒されるであろうが」

「リーゼンロッテ女王陛下におかれましては、その辺りも織り込み済みでしょう？　私とて、アナスタシア様に役目を果たせなかった無能呼ばわりされる事を覚悟の上です。リーゼンロッテ女王陛下に抵抗したものの、敗れたという言い訳だけは立てさせてください」

その通りだ。

後でアナスタシアやヴァリエール、アスターテには激怒されよう。

だが知らぬ。

そんな事、もとより覚悟の上である。

ファウストさえ抱き落とせば、後は優しいファウストが私を庇ってくれる事まで計算に入れていた。
なるほど、なるほど。
悪くはない。
私は手を差し出した。
「お前の取り引き条件を呑んでやろうではないか」
「有り難うございます」
マリーナは、私の手を強く握り返した。
些か、所詮は配下にすぎぬ小娘にしてやられた感は残るが。
そんな事は、もうどうでもいい。
私の目的は、ファウスト・フォン・ポリドロをこの手中に収める事。
バラ園やベッドの中で、もうなんだか凄い事をするのだ。
もう一度。
もう一度、短い間でも良いのだ。
この手から離れてしまった太陽をもう一度、この手中に収めるのだ。
他人が知れば、馬鹿げた事に労力を使っていると私を蔑む事であろう。
だが、私にとって、この行為は悲痛な祈りそのものであった。
ようやくマリーナが消えてくれる。
リーゼンロッテは、深く深くため息をついた。

第74話　ロベルトの死因

私、ファウスト・フォン・ポリドロは酷く参っていた。

女王陛下――王配ロベルト様の暗殺事件の調査期間は、彼女をただのリーゼンロッテと呼ぶと約束した。

そのリーゼンロッテが、32歳赤毛長髪未亡人巨乳の乳を、私の背中や腰に押し付けてくるのだ。

スキンシップが明確に過剰なのだ。

スキンシップとは何ぞや。

互いの身体や肌の一部を触れ合わせることにより親密感や帰属感を高め、一体感を共有し合う行為である。

なるほど、女王陛下が王配ロベルト様の事を悲しまれている以上、自然と私に寄りそう形になる。

誰かと、悲しみを共有したいのであろう。

肌を触れ合う事で、寂しさを消し去ろうとしておられる。

私はリーゼンロッテに酷く同情した。

私も出来るならば、同じ気持ちを共有したい。

この場では、そうすべきなのだ。

だが、私にはこの男女貞操観念逆転なる頭のおかしい世界ではなく、前世の感覚が残っているのだ。

32歳未亡人の巨乳をこうも身体に押し付けられると、私の興奮は収まらなくなるのだ。

結論として、今の状況がある。

「ファウスト、悩ましい顔をしておりますが？」

「はい、リーゼンロッテ。私は今、酷く悩んでおります」

心を隠し、それを見抜かれぬように、嘘のようで真実のような言葉を吐く。

私は酷く自己嫌悪していた。

リーゼンロッテは悲しんでいる。

最愛の夫をこのバラ園にて亡くし、悲しみに打ちひしがれておられるのだ。

対してどうだ、自分の有様は。

卑猥な事ばかり想像し、未亡人の巨乳の感触に興奮している。

私は自分に今、反吐が出そうであった。

こんな不健全な事を考えている自分に恥じ入りながら、言葉を紡ぐ。

「貴女の悲しみを癒やせない事に、酷く悩んでいるのです」

冷静になれ、ファウスト・フォン・ポリドロ。

リーゼンロッテは、私に男への情欲など寄せていない。

彼女は私に情欲など抱いていない、亡き夫一筋に生きて来た女性で、それをただ悲しんで共感を求めている。

私にとっては、理想の純粋そのもの、つまり清楚で未亡人で巨乳という、ダイレクトな性癖を兼ね備えた至高の存在であって――駄目である。

私の股座は、余計に興奮したのである。

私の愛馬、フリューゲルはアスターテ公爵に繁殖のため連れ去られてしまった。

私だって繁殖活動に励んだって構わないのではないか？

そう考えるが、駄目だ。

押し倒したら最後、激怒したリーゼンロッテにブチ殺されるのである。

リーゼンロッテはその行為を酷く侮蔑するであろうし、戦友たるアナスタシア第一王女殿下やアスターテ公爵も同様に軽蔑するであろう。

今は婚約者たるヴァリエール様からも、酷く叱責されるであろう。

私は貧乳赤毛14歳ロリータである今のヴァリエール様なんぞ、全くお呼びではないのだが。

将来は王族の血統として、身体が成長なさるかもしれない。

というか、婚約話がお流れになってしまえば。

この世界の価値観では、私の本性が酷く淫乱な男騎士であると見做されてしまえば、私の名誉は終わりである。

週に一度口に施される、ケルン派の塩っ辛い聖餅の味もしなくなってしまうし。

我がポリドロ領は、純潔の淫乱な男騎士が統治するものと見做されてしまう。

落ち着け、ファウスト・フォン・ポリドロ。

お前は今まで頑張って来たではないか。

領民300名足らずの領主騎士として、自分なんぞはともかく、領民が馬鹿にされるのだけは耐え難かった。

領民は全て私の財産。

領民は全て私の物。

であるからして、領民が馬鹿にされるのだけは死んでも耐え難かった。

我慢するのだ、ファウストよ。

土を、嚙んで。

砂利の味を嚙みしめるような気持ちで、耐える。

「ヴェスパーマン卿。手数をかけるが、ロベルト様が亡くなられた時の状況をもう一度」

「何度も言いますが、ただのマリーナと呼んで頂いて構いませんよ、ポリドロ卿」

マリーナは16歳貧乳であった。

ヴァリエール様と同じく、心の清涼剤であった。

このファウストの心の琴線には、ピクリとも反応しないのであった。

私はオッパイ星人である。

誇り高きオッパイ星人である。

貧乳に対しては最低限の要求として、裸体でも目にしなければ股座が反応する事は無かった。

「ロベルト様が亡くなられたのはこの場所にて。バラ園の小径にて、うつ伏せになって倒れておられました。外傷はありませんでした」

「本当に？」

疑問を浮かべる。

今は、調査に集中すべきであった。

リーゼンロッテから腕に押し付けられた、その巨乳がもたらす、ふにっとした感覚を岩のように思う事で、なんとか堪える。

とにかく、調査だ。

私の推測が確かなら、本当に外傷無しというわけはあるまい。

口は自然に動く。

「私は領民300名足らずの小領主だ。その領民の生活は理解している。園芸をやっていて、皮膚に傷が無いなどあるはずもない」

「ポリドロ卿、何をお考えですか？」

「単刀直入に言おう。針か何かで刺された可能性は無いのかと考えているのだ」

三寸切り込めば人は死ぬのだ。

同様に、針を器官に刺し込めば人は死ぬ。

もし暗殺の可能性を考えれば、針の可能性は十分にあり得た。

前世の記憶を辿るならば、鍼灸師として市井に身を沈めた暗殺者にでも、ぶっ殺されたのじゃないかと妄想する。

しかし、マリーナは首を振る。

「当時、私は11歳でした。調査報告を母から聞く限りでしか、経緯はしりません。ですが、それは先代のヴェスパーマンも考えました。針を含め、本当に外傷と言えるものは無かったのです。あるのは、蜜蜂に刺されたような——それも、身体中によくある跡。あとはバラの棘で擦れた傷のようなものだけです」

まあ、暗殺も仕事の内であるヴェスパーマン家が、それに気づかないわけないよな。

この世界は中世もどきのファンタジーであり、基本的な文化水準は史実中世と考えていい。

だが幾つか異なる点があるのだ。

双眼鏡があり、水晶玉という通信機があり、魔術刻印で強化された武器や鎧がある。

前世では瀉血療法、人体の血液を外部に排出する事で治療を為す、医学的根拠の全く無い治療が18世紀前後まで行われていたが。

この頭がおかしいファンタジー世界では完全に廃れていた。

医学において一部の修道院や大学が、社会全体における医学の発達を促進している。

前世でのイスラム医学たる異国医学を積極的に取り入れ、数世紀前から神聖グステン帝国内の広範に行き渡っているのだ。

医学革命が起きている。

当然、犯罪調査における技術も進んでいる。

「当初、誰もが暗殺であると思いました。可能性は未だに消えていません。ですが、その声も少なくなりました。何故、ロベルト様が暗殺されるのか。殺されるならば、女王陛下ではないのか。何故、誰に対しても優しく、人を助けるためであるならば、自分の歳費を削る事も厭わなかったロベルト様が殺されなければならないのか」

途中、マリーナが言葉を止める。

少し、色々と考えたようだ。

再び語りだす。

「再度言います。女王陛下の王配としての地位を妬んだ誰かがやった、その可能性は消えていません。ですが、それは本当に細い線なのです。リーゼンロッテ女王陛下が、ロベルト様が亡くなられたからといって代わりの王配を選ばれる可能性は低い。当時すでにアナスタシア様は11歳、ヴァリエール様は9歳でした。これから、リーゼンロッテ女王陛下が新しい後継者候補を妊娠されると、面倒な事……」

何故か、マリーナは途中で口淀んだ。

まるで何かを恐れているように。

リーゼンロッテが、何故か私に背を向けて、マリーナ様の方を見た。

その表情は窺(うかが)えない。

私は気になって、名を呼ぶ。

「リーゼンロッテ？」

「何でしょうか、ファウスト」

振り返ったリーゼンロッテは微笑(ほほえ)んでいた。

美しいのもあるが、それは32歳の未亡人にしては可愛(かわい)らしいとも呼べるものであった。

もちろん、今はリーゼンロッテが咎(とが)めないとはいえ、口が裂けても可愛い等(など)と言ってはいけないが。

言えば、怒るであろう。

美人と言えば許されるかもしれないが。

「つまり、それとわかる外傷はなかったと」

「ありませんでした」

外傷無し。

まあ、やっていないのは承知の上だが、一応聞く。

「司法解剖は？」

「私が、亡きロベルトの身体を解剖するなど、許すと思うか？」

私の腕に抱き着いた傍(そば)で、リーゼンロッテが囁(ささや)く。

許せないよな。

その遺体は、安らかに眠らせてあげたい。

気持ちは判るよ。

「外傷無し。内部的損傷は判らず。第一発見者はヴァリエール様とお聞きしましたが」

「ええ。あの子がまだ硬くなっていない、温もりを残した亡骸を発見した。泣きながら、周囲に向かって叫び声を上げててね。侍童や王宮勤めの騎士達が集まって、皆で悲鳴をあげたわ」

しかし。

死亡時から、そう経っていない時間で発見されたということか。

マリーナにチラリと視線を送る。

「何故暗殺と？　外傷が無かった事を考えると、事故死、急な心臓発作などの可能性もあるのでは？」

「ヴェスパーマン家の見解を説明しますと、毒である、そう考えております」

「毒？　銀は反応しなかったと聞くが？」

この世界の毒と言えばヒ素であり、亜ヒ酸である。

だが、銀は反応しなかったと聞く。

もちろん、この世界には魔術があり、魔術と科学の両側面で道を究めた錬金術師が、銀に反応しないレベルの毒を精製した可能性はあるのだが。

「ちょうどこの場所にて。地に倒れ、土を掻きながら苦しみもがいた痕跡。そして吐瀉物がありました。急に失神されて、そのまま血が全身を巡らなくなり、亡くなられてしまったわけではないのです」

「急な心臓発作の類ではないと？」

「ロベルト様の歳は、当時29歳です。これが老人なら判りますが……」

駄目だ、全然判らない。

そもそも、ミステリーの類は好みではないのだ。

専門家のヴェスパーマン家が5年かけて見つけられない結論を、今更どうやって導き出せるというのか。

私は超人であるが、武の一文字しか持たぬ存在である。

考えることは大の苦手なのだ。

「毒か」

まあ、29歳の元気な男が、突然の病死というのは確かに考え難い。

とはいえ、毒となると完全に私は専門外である。

ヴェスパーマン家に任せるしかないのであるが。

「だが、5年も捜査して何も見つけられなかった」

リーゼンロッテが、ヴェスパーマン家の無能を咎めるような言葉を吐きだす。

マリーナは少しピクリと反応しながらも、言葉を返す。

「誠に以てお恥ずかしい話であります。吐瀉物は未だ保管しておりますが、いかなる錬金術師や医師に頼っても、何も入っていないと……」

駄目だ、完全にお手上げだな。

ヴェスパーマン家の予想をまとめよう。

自然死、病死ではない。

外傷は無し、あっても蜂やバラの刺し傷程度。

内傷は判らず。

毒であるとは思われるが、その毒の成分が判らない。

犯人の意図も不明。

怨恨や妬みの可能性はあるが、細い線である。

なんで5年間もかけて何の成果も得られなかったのか、よく判るというものだ。

「殺害方法に関して、何も判らないという事はよく判った。次、殺害のルートについてだが」

「王宮における全ての人員が調査に対して、ロベルト様暗殺の犯人を見つけるためならば、と志願してくれたので調査は楽でした。ですが、全ての人員に現場不在証明があり、ロベルト様の周囲において暗殺者などは……」

「再調査しよう」

マリーナの言葉を否定し、再調査の声を上げる。

とりあえず、全ての事を行わなければ、リーゼンロッテの心は晴れない。

私は騎士として、真面目に調査を行うつもりである。

「尋ねよう、ロベルト様に対して、特別親しかったのは誰か？」

「数えきれませんよ。ですが、一番親しかったのは近くにおります」

「誰か？」

尋ねる。

とりあえず、近くにいる人員から調査をしよう。

「その、余り強引に調査をする事はお止めくださいね。すでに無実である事は明らかになった人々なので」

「まずは、近い人から当たろう。部外者が王宮に入り込んだ可能性は低いのであろう？」

「ゼロといっても過言ではありません。現場不在証明も、すでに証明された方々なのですが……」

マリーナが言葉を濁す。

あまり紹介したくないようだ。

だが、リーゼンロッテの心を晴らすには、全ての事をやったのだと目の前で示す必要がある。

私は再び問うた。

「もう一度尋ねよう。親しかった人物は誰か？」

「このバラ園をたった一人で維持している庭師、といっても――少々訳ありでして。事前に説明しておけば、その、酷い目にあった子をロベルト様が色んな経緯があって引き取ったといいますか」

「うん？」

マリーナが口ごもる。

訳ありそうなのは判るが、何を言いたいのか。

言葉を待っていると、先にリーゼンロッテが口を開く。

「このバラ園を維持している庭師。それはロベルトが哀れに思い、平民から拾い上げた子供でな。その、何と言うか。親からの酷い虐待にあったというか、狂気の産物というか――芸人の子、出自は放浪民族であるのだ。それゆえ、大事に保護されるべき男の子が酷い目にあった」

リーゼンロッテは顔を顰めている。

ああ、何となくわかって来た。

愚かな自分にも読めて来たぞ。

宦官であるのだ。

陰茎を切断して、去勢する事で後宮に仕えることが許された存在。

カストラート。

高音域を歌える男性歌手を確保するために、睾丸を摘出し、去勢することで男性ホルモンの分泌を抑え、声変わりを防ぐ存在。

その歌声には、指揮者も演奏者も、演奏を投げ捨てて聞き入った伝説が残っている。

オペラ座の歌手達。

まさか、いるのか？

この男女比1：9の頭のおかしな世界にも、あの存在が。

「狂った芸人の親に、その歌唱力を維持するために去勢されたのだ。ロベルトはその話を酷く哀れんで、せめて人としての人生を全うできるよう、王宮に召し出すことにした。その名も――ミハエルという。調査は止めぬが、当時12歳。今は17歳のあの子がやったとは、私には到底思えぬぞ」

やはり宦官かよ。

そしてカストラートかよ。

この狂った世界に、あんなものがいるとは思いもしなかったぞ。

私は閉口しながら、そのミハエルとやらに会う事にした。

第75話 ミハエルについて

歌が聞こえる。

アリア(独唱曲)であった。

王宮の庭全体に、その歌が響き渡っているのだ。

背筋がぞくっとした。

恐怖や、不快によるものではない。

同時に、感動や喜びによるものでもない。

何と言えばいいのか、この歌手はどのような意思を込めて歌っているのだ?

よく判断が出来ない、その困惑によるものである。

あえて表現するならば——怒号混じりの嘆きに聞こえる。

前世で聞き覚えがある。

誰もが、一度は耳にしたことがある曲であった。

夜の女王のアリア。

歌劇『魔笛』において、夜の女王によって歌われる『復讐(ふくしゅう)の炎は地獄のように我が心に燃え』であった。

だが、作曲者たるヴォルフガング・アマデウス・モーツァルトは、まだこの世に産まれ落ちていないはずであるが？

　いや、仮想モンゴル帝国と、トクトア・カアンの出現は遅れた。

　ならば、彼、いや、この世界では彼女かもしれない存在が早まって出現していても、おかしくはない。

　だが、どうでもよいことだ。

　武人である私の立場を考えると、モーツァルトと関わる事は生涯あるまい。

　しばし、待つ。

　ミハエルという、17歳の青年の姿――いや。

「青年？」

　声はソプラノ、女性の最高声域を発している。

　背はそこそこだ。

　全体的に男の背が１５０～１６０㎝しかない、アンハルトでは珍しかった。

　１７０㎝はあるだろう。

　だが、その身体はやはりアンハルトの男であり、酷く細かった。

　ちゃんと飯を食っているのか？

　まあ、この異世界は剣と魔法のファンタジー世界であり、女性が男性を上回る力を容易に発揮する世界である。

　あまり、外見のみで判断してはいけない。

身長2m超え、体重130kg、そのスペックは見たままの私が言う事ではないが。

「ふむ」

背こそあるが、容姿は女性に近い。

男性ホルモンが足りていないせいだろう。

酷く美形で、アンハルトの女性から見れば、男性の理想像と言ってよいだろう。

まあキンタマ無いそうだけれど。

この男女比1：9の狂った世界で、誰が男の子を去勢しようなどと思うものか。

常軌を逸している。

「ミハエルは、9歳の頃に去勢されたそうだ」

リーゼンロッテが、私の横で呟く。

「各国を渡り歩く放浪民族でな。母親達に連れられ、あの素晴らしい声だけで金を稼いで旅をしていた。どこに行っても評判が良かったそうだよ。歌だけはな」

「はあ」

「だが、まあ放浪民族への対応など何処に行っても酷いものだ。先に言ったように歌や踊りだけは評判を得たが、何処に行っても国や町から、叩き出される」

旅芸人すら寄らぬ我が小さな辺境地、ポリドロ領。

ウチには何の関係もない話であるが。

ふと、放浪民族が自分の領地を訪れた場合の対応、それを考える。

――駄目だな、ウチでも叩き出す。

信用が出来ないし。

これは放浪民族に限った話ではなく、そも放浪者全てへの扱い自体がそうなのだ。

定住する地を持たず、財産の全てを持って逃げる事の出来る人間に、何の信用がおけるというのか。

「改宗し同じ宗教になれども、所詮は放浪者。独特の文化を持ち、我らと融和せず、信仰は上っ面。窃盗を当然の事のように行い、人食いの噂まである。まあミハエル自身が悪い事をしたわけではないが、放浪民族は信用できん」

「そうですね」

同意する。

先ほども言ったが、数日ばかり娯楽を提供してもらった後、多少の報酬を与えて笑顔で叩き出す。

出て行かねば、豚の餌になってもらう。

それ以外に、領主としては対応できん。

前世の知識としても、母マリアンヌからの教えとしても、放浪民族は信用に値しない。

この一介の辺境領主騎士に、世界地図は手に入らぬのだが。

元々は遥か東方から、この神聖グステン帝国に訪れたと聞く。

「彼女達は何故、わざわざ異国から西方に来たのであろうなあ。祖国はあったろうに」

「判りませぬ」

前世の放浪民族と、この世界の放浪民族とは全く異なる話だが。

前世では、ヒンドゥー教における下層カーストだったから逃げ出してきたのではないかという説があるが、一説にすぎぬ。

正直、前世でもよくわからぬルーツである。

この世界では研究など誰もしていないであろうから、判るはずがない。

だがまあ、不遇の出自か経歴である事は間違いないと考える。

「まあ、それはどうでもよい。ミハエルの事だ。ロベルトが、自分の歳費で歌劇場を作りたいと言いだしてな」

「はあ、芸術家を保護されようとしたのですか？」

「そうだ。市民への娯楽の提供なども理由である。そこで、ロベルトが提案したのよ。歌劇場の従業員に放浪民族を雇用し、アンハルト王国における放浪民族の定住化を考えてみないかと」

困惑の表情で、リーゼンロッテの顔を見る。

何無謀なことを考えていたのだよ、ロベルト様。

リーゼンロッテは、私の表情を見て苦笑した。

「ロベルトは妙なところというか、優しいというか、変なところというか、なんというか。時々、妙な事を言いだす事があった。放浪民族に同化策を考えたのだ。人道的と言えるかどうかはわからんがね」

「上手くいきましたか？」

「正直、何とも言えぬ。上手くいっているのか、いないのか。十分な待遇は与えているのだが。まあ、王都から逃げ出してはいないし、腕や首を刎ねるほどの悪さをしたとも聞かぬ」

　それは上手くいっていると考えても、よいレベルではなかろうか。
前世ではある「女帝」が、定住化政策を行ったが。
同化政策への反発と、その文化への不理解から定住化には失敗しているのだ。
とはいえ、まだ数年だから成功しているかどうかといえば、微妙だろうがな。

「ロベルトがミハエルの境遇を知ったのは、7年前であった。歌劇場の建設準備が整い、放浪民族を誘引し、王都へと集めた。そこでミハエルと出会った」

「激怒されたのですか？」

「太陽のように優しいが、酷く気の短い男であった。少し趣が違うが、直情的なところはお前そっくりであったよ、ファウスト。お前の言うとおり、大激怒した」

　この世界、男は保護される立場にある。
数が余りにも少ない。
　だが、ミハエルはその睾丸を母の手により摘出され、去勢されたと聞く。

「ミハエルの母は言ったよ。男娼にするにしても、何の病気を持っているかもわからぬ放浪民族の男なんぞ、どこに行っても売れぬ。その子を孕みたいと思う女もおらぬ。幸い、我が集団の男種は足りていた。所詮は資産の一つに過ぎない息子だ。この声を維持するために、より稼ぎ手として役立ってもらうために、去勢した。何が悪いと」

「……ロベルト様は？」

「嵐のように怒り狂い、その場でミハエルの母を殴り殺そうとした」

そりゃ殺すわ。

私だって殺す。

続きが気になる。

「結末は？」

「まあ、園芸で鍛えた力で叩きのめした後に、ミハエルに尋ねたよ。君はどうしたい？と」

ミハエルの歌う『復讐の炎は地獄のように我が心に燃え』は、その歌の聞かせどころといってもいい何度目かのコロラトゥーラに入っている。

黙って、リーゼンロッテの次の言葉を待つ。

「……ミハエルは、我が手による復讐を、と答えた」

「自分の手で殺したのですか？」

「そうだ。当時10歳であった。ロベルトは、幼い少年に親殺しをさせることを躊躇った。酷く悩んだそうだが——最終的には自分の腰にぶら下げたナイフを与え、それを認めた」

壮絶な結末といっていい。

「ミハエルは、自分の母であった女の心臓を一突きにした。それでミハエルの復讐は終わり。その後は、一度言った通りだ。ロベルトが酷く哀れみ、その後の人生を心配して王宮に引き取った。ロベルト専属の侍童兼庭師としてな」

「今、歌っているのは？　庭師と聞きましたが」

「母は憎めど復讐は終わった。そして歌が嫌いになったわけではないそうだ。ロベルトがバラ園で練習する事を許してな、たまに王都の歌劇場で歌う事もあるのだ。今は次の歌劇の練習中だろう」

大体の事情は摑めた。

ロベルト様は酷く変わり者だが、近世的史観の持ち主で。

その性格は、多少違えど私に近いところがある。

そしてミハエルの人生には、哀れむものがある。

「まあ、とにかく話しかけようか」

「歌が終わってからでいいです」

今歌っている曲名は、皮肉な事にその人生に酷く相応しいものであった。

聞け、復讐の神々よ、我が呪いを聞け！

ミハエルの歌。

その歌詞は、少しばかり前世のそれと違った。

そんな事を考えながら、私とリーゼンロッテ。

そしてミハエルの声に聞き惚(ほ)れているマリーナの背を叩き、三人してミハエルに近づいた。

※

「女王陛下におかれましては、ご機嫌麗しく」

ミハエルはその美しく甘い、官能的な声で呟いた。

なるほど、前世では聞く事のできなかったカストラートの声とはこういう物なのか。

「ロベルト様の暗殺事件における、再調査を行われると聞きました。是非、協力させていただきたく」

「もう見つからんさ。なに、今回は心残りの解消に来ただけだ」

リーゼンロッテは、少し寂しい声で答えた。

そして、横にいる私を紹介する。

「ミハエル。お前が会うのは初めてであったな。ファウスト・フォン・ポリドロ卿(きょう)だ」

「王宮にて、ヴァリエール様に会いに来るのを何度かお見かけしました。よくロベルト様に似ておられます」

そんなに似ているのか?

さすがに、私のような巨軀の持ち主は二人とおらぬと思うのだが。

そういえば以前にヴァリエール様から、一度だけよく父上に似ていると言われたことがある。

外見ではなく、雰囲気が、とのことらしいが。

ロベルト様が亡くなられた当時といえば、私は初陣にて山賊を殺していた頃である。

王都に行った事は無く、当然一度も御会いした事は無いので、よくわからない。

ミハエルが、私の顔をじっと見る。

「何か？」

「いえ、本当に似ておられます。ポリドロ卿」

「ファウストで結構です」

私は、にこやかに笑いながらミハエルに手を出す。

ミハエルはその手を握り返した。

「……本当に、よく似ておられます。ロベルト様の手も、園芸や農業による豆でゴツゴツしておりました」

「はあ」

ミハエルは華奢なように見えたが、その手は園芸による豆ダコがついており。

腕には、バラの棘を引っかけたような傷があった。

庭師というのは本当であるようだ。

握手をほどく。

ミハエルは、その美麗な顔を陰らせながら、昔を思い出すように呟いた。

「何故、ロベルト様は何故死んでしまわれたのでしょうか。何故あの時、女王陛下は私の死をお許しにならなかったのでしょうか」

「ロベルトに付き添うために死にたいという、あの嘆願の事か」

死の嘆願？

殉死の概念は、この色々入り混じった異世界ファンタジー世界にも無かったと思うのだが。

フェイロンの東にあるであろう、列島ではあるかもしれないがね。

「認められるわけがなかろう。そのような事を死んだロベルトが望む物か」

「私は、ロベルト様に救われました」

ミハエルが、ポツリと呟く。

「私のために、怒って頂きました。私の復讐を、肯定して頂きました。私に、人間としての生を与えてくださいました」

ミハエルの声に、震えが混じる。

「私は母を、この手で殺しました。きっと地獄に落ちるのでありましょう。ですが、天国と地獄に分かれるまでの、その黄泉路ではロベルト様に付き添えたかもしれませぬ。もう遅いですが。私は——」

酷く甘い、官能的な声色で嘆いている。

決して涙をこぼす事はなく、その震え声も強引に抑えようとしていたが。

その声は、どこまでも悲しそうであった。

「私は、あの時死にたかったのですよ。リーゼンロッテ女王陛下」

「何度でも言おう、ロベルトはそのような願いを喜ばぬ。天国で今頃、死から5年経っても全く成長していない事を嘆いているだろうさ」

男が、そう嘆くものではないと言いたいところであるが。

ミハエルの人生を知ってしまったからには、なんとも言い難い。

リーゼンロッテが、慰めるように優しく語り掛ける。

「ミハエルよ。当時の事は覚えているか。ロベルトが死んだあの日の事だ」

「忘れるわけがありません。あの日の夕、ロベルト様がいつものバラ園の散歩に向かわれました。私は他の侍童と一緒に茶と菓子の準備をしておりました。いつもより帰りが遅いため、私がロベルト様を迎えに行こうかと悩んでいたところ、バラ園からヴァリエール様の悲鳴が」

第一発見者がヴァリ様なのは変わらず。

そしてミハエルに現場不在証明があるのも、変わりはなし。

さて、どうしたものか。

推理ものならばミハエルを疑ってかかるところであるが、これは現実である。

今の話を聞くに、ミハエルがロベルト様へ悪意を抱いていたとは到底思えず、私の直感でもミハエルが犯人等(など)とは感じられないのだ。

駄目だな、何も変わらない。

調査の進展はない。

「ロベルト様には、私以外にも4名の侍童が専属で付いておりましたが。5年の間に行儀見習いを終え、領地に帰ってしまいました。内1名は、リーゼンロッテ女王陛下が重用なさっている実務官僚の夫となり、王都におられますが。呼びましょうか？　今でもたまに会います」

「いや、結構だ」

可能な限りの全ての調査をやり直すつもりではあるが、期限は一か月しかない。

そこまで無罪が明確であれば、追及する意味は無い。

「ミハエル、少しばかり話がしたい。バラ園のガーデンテーブルに来ないか？」

「判(わか)りました、茶と菓子を用意してまいります。しばらくお待ちください」

ミハエルが、その侍童としての正式教育を受けた優雅さで、私達(たち)に向かって綺麗(きれい)な礼を行う。

さて、どこまで情報が入手できるかね。

本当にどうして死んだのやら。

私は天国にいるらしいロベルト様に嘆息するため、空を仰ぎ見た。

第76話　ロベルトについて

黒い髪に黒い瞳、肌は浅黒い。

そんなミハエルの容姿を見つめる。

何度見直しても、酷く美形である。

「ポリドロ卿、どうぞ」

「先ほども言いましたが、ファウストでいいですよ。お茶は有り難うございます」

そんなミハエルの浅黒い手から、ティーカップに茶が注がれる。

香りが、バラ園のダマスク香と混ざり合って品よく感じる。

こうしてロベルト様も、茶を楽しんでおられたのだろうか。

さて。

リーゼンロッテとミハエルの想い出話を聞くとしよう。

どこに、真相が転がっているかわからぬ。

「……ミハエル殿は、座らないのか？」

「リーゼンロッテ様からの許可が必要となります」

ミハエルは、ニコリと微笑みながら答える。

なるほど、侍童だ。

王宮の接待を務めるだけの、教育が施されている。

「ミハエル、座れ。もうお前に、いちいち面倒臭いから最初から座れ、と命じるロベルトはおらん」

「私は――あの、ロベルト様が本当に面倒臭そうな顔で、ミハエルもう座れと命じる姿が好きだったのですよ」

さきほどからミハエルに対し、妙な感覚があったのだが。

これをもって確信した。

あれだな、ミハエルは。

我が従士長たるヘルガと同じタイプである。

仕える人間が、貴人として生きる姿がこの上無く好きなタイプだな。

面倒臭いな、コイツ。

私はもちろんヘルガの望みに対し、貴人としての振る舞いをし、その忠誠に相応しい姿を取ろうとはしているが。

時々、その忠誠が何か妙に重たいなー、と感じる時がある。

もし、かつて存命であったロベルト様に死ねと言われれば、ミハエルは自分自身の首にナイフを平然と突き刺したであろう。

ヘルガも同じことをやりそうで怖い。

ああ、愛が重い。

「まあ、リーゼンロッテ女王陛下の命令でも座りますよ。一応ね」

「お前、本当にロベルトの命令しか聞かぬなあ」

「ロベルト様が、リーゼンロッテ女王陛下に、私を自分の侍童として雇うと告げた際の事を覚えておられますか？」

ミハエルが、クスクスと笑う。

官能的で、中性的な声の囁き。

「私は今でも覚えております。本気で仕える気があるならば、死の寸前まで仕えよ。たとえ女王陛下の命令でも逆らえ。ロベルトの言う言葉だけを信じるのだと」

「確かに言ったが」

リーゼンロッテが溜め息をつく。

そして茶を一口飲んだ後に、くすん、と鼻を少し鳴らした後。

「もうロベルトは、いない。お前も私の説得に応じ、今を生きている」

「私が生きているのは、女王陛下の説得に納得したからではありません」

ミハエルが、微笑みを深くする。

口の端が歪み、獣のような印象を周囲に与えた。

「ロベルト様を殺した犯人を見つけ出し、殺すまでは死ねないと考え直したからです」

「もう見つからんさ。一度言ったが、今回の犯人探しも心残りの解消のようなものだ」

「いつまでも調査を続行する事が出来ないのは、理解しております。なれど、私は探し続けますよ」

決意の声。

私はその意気込みはよいが、５年経った今ではやはり無理だと思う。

幾つか、脳裏に思い浮かぶものもあるが。

折角だし、幾つか意見を上げるか。

「リーゼンロッテ、念のために聞いておきたいのですが。蜂やバラの刺し傷程度の傷なれば、ロベルト様の身体（からだ）にあったのですね」

「そうであるが。何か、思い当たる点があるのか？」

前世の知識であるが。

蜜蜂の刺し傷程度でも、死に至る可能性はあるのだ。

アナフィラキシーショック。

だが、これについて、一言も触れなかった理由があるのだ。

「蜜蜂に刺された程度でも、死に至る事はあります」

「そんな事は知っている」

みんな知っているのだ。

アナフィラキシーショック、その医学的な言葉を知らずとも、その理由が判らずとも。

蜜蜂に刺されて死ぬことがある事自体は、皆が知っているのだ。

アレルギーという言葉は知らずとも、その症状自体は知識として知っているのだ。

「一度でも死ぬ者はいる。二度目で死ぬ者もいる。何度目かで身体に異常を発し、怖くなって止めた者もいる。それは聞いたことがある。とはいえハチミツは魅力的であるし、ハチの巣から採れる蜜蠟から、我ら貴族が使っているロウソクは作られるのだ。どうしようもあるまい。ちなみに、ロベルトはいくら蜂に刺されようが平気な顔をしていたぞ。園芸や農業は、昆虫との戦いである」

で、あろうなあ。

5年も調査しているのだ。

当然、あらゆる可能性は考えたであろうし、蜂による死の可能性も考慮されたであろう。アレルギー反応が特別見られない、ロベルト様がアレルギーで急死した？

さすがに無い。

役に立たないぞ、前世知識。

ミハエルが、悩む私に対して口を開く。

「ポリドロ卿、他には何か思い当たりますか？」

「何を言っても、それはもう調べたと言われる気がします」

「確かに調べました。どこまでも調べました。ですが、当時の事件に関わっていない第三者だからこそ、判る事もあるかもしれませぬ」

ふむ。

まあ、第三者観点というのは大事であるし、頑張ろうと思うのだが。

ハッキリ言おう、私はそこまで賢くない。

政治的見地は無いし、言われれば理解できる程度の頭はもっているが、所詮凡人に過ぎないのだ。

駄目だ。

マルティナをポリドロ領に送っていなければ良かったのだが、あの時は確かにそれが正しい判断だと思い――糞、頭が痛くなってきた。

額に手をやり、目を閉じて考え込む。

「頭が痛くなってきました。リーゼンロッテ、そしてミハエル殿。しばらく、ロベルト様の想い出話を聞かせてもらえませんか」

「いいだろう」

リーゼンロッテは口をつけていたティーカップを、テーブルの上に置く。

そして、顎に手をやりながら語りだした。

「ロベルトが酷く優しいのは、何度も述べたが。それに付け込んでか、私を怖がってか。まあ、貴族からの陳情数がとにかく多かったな。ロベルトに会うためには数か月の予約待ちが当たり前であったよ。ロベルトは、市民からの陳情も受け付けていたしな」

「市民からも？」

「もちろん、市民個人の陳情など一々相手にはしてられぬ。ロベルトと会えるのは、商人ギルドや手工業ギルドの代表であった。ロベルトは、市民の政治への積極的参加が国の力に繋がると考えていたのだ。どこか夢見がちと言われても仕方ないところはあるが、政治の改善点や、王都に発生した問題点を見つけ出し、私に意見を言う事もあった」

　聞けば聞くほど、妙な人である。

　この頭のおかしい異世界へ転生する前にいた現代の人より、よほど開明的な人だったのではあるまいか。

「ただ、それだけではなかった。今思えば、王配として私の楯になろうとしたのではないかな。どう思う、ミハエル」

「私がロベルト様と一緒だったのは10歳から12歳までの、2年間に過ぎませぬ。ですが、私にとってはとても尊い時間でした。ロベルト様はその間、『自分のやった事は決して無駄にはならないことだから、きっとリーゼンロッテのためにもなるだろうから』と。常々仰ってました」

　はたして、本当に役に立ったのだろうか。

　少し、疑問に思うが。

「ああ、役には立った。ロベルトは闇雲に自分の歳費を削り、分け与えていたわけではなかった。私の歳費を削ってもよいが、その費用を投じて何が産まれる？　私は職や食い扶持を与えるが、それでお前は何をする？　その線引きでは、厳しかったように思える」

「ロベルト様は、ただ困窮した、困窮した。私は恵まれていない、恵まれていないとオウムのようにひたすら繰り返すような屑を極端に嫌っておりました。優しい御方ではありましたが、まあそのような愚か者に対しては殴りつける姿もよく目にしました」

なるほど、優しくはあるが、線引きは確かと。

さきほど役に立ったとリーゼンロッテが発言したが、どんな物が産まれたのだろう。

少し気になるが、まあ口にせずとも喋ってくれるか。

「ロベルトは、アンハルト王国にとって役に立つ人材を多く見出した。今、王城で私の代わりに一部執務をこなしている実務官僚もその一人であるな。アイツは元々困窮した法衣貴族の三女に過ぎなかったが、酷く優秀なので職を与えて頂きたいと親からの懇願を受けてな。ロベルトの推挙により私が会ってみれば、本当に優秀であったので王城に登らせたのだ」

「同僚の侍童を、夫に迎えた方でありますね」

「そうだな。仕事でも、恋愛でも抜け目のない女だ」

酷く感心した様子で、リーゼンロッテが呟く。

昔を懐かしがる目をしている。

「とにかく、ロベルトは優秀な子供に成り上がる機会を与え、上手く国家の潤滑油としての機能を果たしていた。ファウスト、お前が以前のゲッシュ事件において、一言一句書き残すよう頼んだ紋章官を覚えているか？」

「は、覚えておりますが、彼女が何か？」

「あの女も、ロベルトの推薦だ。ヴィレンドルフとの国境線にある辺境領地、そこの次女であったはずだ。領主からの嘆願で、才能を埋めるのはあまりにも惜しいとロベルトへ嘆願の手紙が届き、そのロベルトの推薦により私が試験し、そのまま採用した」

別に、それはリーゼンロッテに直接でも良かったと思うのだが。

要するに、リーゼンロッテが怖かったんだろうな。

私も怖いもの。

リーゼンロッテは理性と理論の怪物である。

この偉大なる選帝侯として為政者の地位を誇る相手に生半可な情は通じないし、どこで機嫌を損ねるかわからない。

私が「ゲッシュ事件」において、どれだけの覚悟で仮想モンゴルの脅威をリーゼンロッテに訴えたと思っているのだ。

もちろん、ヴィレンドルフとの和平交渉を携えてきた私を殺す事など、どう考えても出来まいと言う計算はあったが。

だからといって、死を賜る可能性はゼロにはならなかった。

今まで聞く限りにおいて、ロベルト様は自分が不快に思った事は直情的にその場で相手をぶん殴ることで済ませ、後でネチネチと絡むようなことはしないだろうし。

それが本当に不遇な境遇であり、ロベルト様が歳費を削る事に対しての誠意と実力を見せさえすれば、その誠意に応えてくれるであろう御方であった。

誰だって、ロベルト様の方に縋りつくわ、これだと。

「まあ、とにかく良い男であった。ファウストよ、ミハエルが先ほど何度も言ったが。本当にお前によく似ていたよ」

「雰囲気が、そっくりです。今までも遠巻きに見た際に似ている、とは考えておりましたが。まさか、これほどとは」

そんな優しいロベルト様に、私は似ていないと思うのだが。

私はこれでも領主騎士であるし、それこそポリドロ領300人の領主として、皆を腹いっぱい食わせることを最優先に考えて生きて行かねばならない。

他人様に優しくする余裕など無いのだ。

——マルティナ、その助命の件では、馬鹿な事をした。

いや、もう私の前世の道徳的価値観と、この現世で母マリアンヌから受けた騎士教育が悪魔合体して。

もうどうしようもなかったし、反省しても無駄だとは思うのだ。

私があの時に時間遡行出来たとしても、私は同じことをするだろう。

だから、考えても無駄な事は理解しているのだ。

それでも、悩みは尽きない。

何故、私ファウスト・フォン・ポリドロは、こんなにもどうしようもないのか。

もういい。

人それぞれに欠陥があり、完璧な者など一人としていない。

それは、考えてもどうしようもない事なのだ。

今考えるべきは、ロベルト様を暗殺した犯人を捜す事であるのだ。

その結果が徒労に終わろうが、成功しようが、それはただの結末にすぎない。

「リーゼンロッテ、そしてミハエル殿。今伺った話では、ロベルト様が下級貴族、市民ギルド代表、封建領主、色々な人々の陳情を受けていたようですが」

「ああ、言いたいことは判る。それは調べたのだ。その日出会った人間は、全員が調査の協力に、誰があのロベルト様を殺したと涙ながらに応じている。何も出なかった」

リーゼンロッテは、チラリ、と担当者であったマリーナを見る。

マリーナはコクリ、と頷いた。

先ほどから黙って空気と化しているが、まあ無理もない。

私もマリーナも、当時のロベルト様の事は良く知らぬ。

リーゼンロッテの言葉の続きを聞く。

「何も出なかったのだよ、ファウスト。そもそも、ロベルトは先ほども言ったように、優しい男であったのだ。あの優しい男を殺して、何のメリットが陳情者側にあるのだ。自分が懇願する先を失うのだぞ？　ロベルトは、直情的に殴り倒した相手にすら、優しい男であったのだ」

その言葉は、酷く悲しい。

私だって、今まで聞いた限りで、ロベルト様を殺して誰が得するのかという思いがある。

だが、リーゼンロッテの、女王陛下の心残りを解消するには全てを行わなければならない。

「ロベルト様はその全ての陳情を、このバラ園にて受けておられました。王宮は完全に警備されており、見知らぬ者など入る隙間はありません」

このバラ園にて？

つまり――

吐瀉物から考えるに、経口摂取ではなく。

アナフィラキシーショック等のアレルギーでもなく。

事故死でもなく、突然死でもない。

そして、身体には蜂に刺されたような傷と、バラの棘で擦れた傷のようなものしかなかった。

毒殺であると考えるならば。

「バラの棘に、毒を仕込む程度の隙間はなかったか？」

すでに考えられている事であろう。

もちろん、そんな意味も分からない――確実性の低い、暗殺とすら呼べない方法をとる理由もわからない。

だが、考える時間はまだある。

私は、とりあえずの疑問を口に出した。

第77話　殺意の有無など関係ない

殺すつもりなど、皆無であったのだ。
私はただ、バラを。
あの麗しいローズガーデンの一輪を枯死させたかっただけで――
いや。
そんな言い訳、どうやったところで通用などしない。
誰にも通用しないのは、判り切っている。
何より、私自身ですら、殺意の有無など関係ない事は理解しているのだ。
私が、ロベルト様を殺した。
その事実だけが、眼前に横たわっている。
「些細な復讐であったのだ」
一言、誰も周囲におらぬ独りぼっちの部屋で、顔を覆いながら呟く。
復讐であった。
酷く、些細なる復讐であったのだ。
バラの一輪を枯らして、些細な満足感を得たかった。
あのロベルト様を殺して、私に、我らに、何の得がある？

庇護者は彼一人であった。

報われなかった私に、その手を差し伸べ助けてくれた。

ただ一人の庇護者。

それを殺す動機など、どこにもなかった。

だからこそ、未だ疑われていない。

私は、我々は、何も疑われなどしなかった。

そこに、ロベルト様を殺す理由などありはしなかったからだ。

あのロベルト様を殺す動機が、私には、我々には全く無いのだ。

事実、庇護者であるロベルト様を失って、苦境に陥る事など5年の間には珍しくなかった。

それでも生前のロベルト様が今の職を与えたという大義名分は強く、破滅に至る事はついぞ無かった。

だが。

「ファウスト・フォン・ポリドロ卿」

その名を口にする。

憤怒の騎士！　美しき野獣!!

かつて、アンハルト中で一番醜い騎士とすら言われた男。

ヴィレンドルフ中で最も美しいと言われる男。

その名声と功績は、アンハルト、ヴィレンドルフの両方において絶頂の時を迎えていた。

両国はおろか神聖グステン帝国にすら、いずれその名が鳴り響くと思えた。

今までの実績に対する、当然の評価であった。

領民３００名ほどの弱小領主でありながら、第二王女ヴァリエール殿下の相談役に電撃就任。

その後の「ヴィレンドルフ戦役」において、ヴィレンドルフの英傑レッケンベル騎士団長との一騎打ちにおいて勝利し、圧倒的不利であった戦況を個人の武勇だけで覆す。

第二王女ヴァリエール殿下の初陣、通称『カロリーヌの反逆』では、反逆者たるカロリーヌを撃ち破り、キルスコア50を上回る活躍。

己の誉れのために主君であるリーゼンロッテ女王陛下の命にすら逆らい、討伐した裏切り者の幼子を引き取る。

ヴィレンドルフの和平交渉において、決闘を願う騎士を正面から迎え討ち、99人に勝利。

和平交渉の席で冷血女王と謳われるカタリナ女王の心を斬った『バラのつぼみ』事件。

これにて１００人斬りを達成、和平交渉を成立させる。

その正式報告の場にて『ゲッシュ事件』を起こし、アンハルトの諸侯を説得して東の遊牧騎馬族国家に備えた新たな体制作りを実施。

諸々の功績を称えて、第二王女ヴァリエール殿下と婚約が決定。

狂っていると言ってよい。

たった2年間で、狂おしいほどの名誉と結果を叩き出している。

軍事面でも、政治面でもだ。

領主騎士としては賛否両論な行動においてすら、後から見れば賞賛の対象にしかならなかった。

恐ろしかった。

もはや、不可能という文字など無いとしか思えない人物であった。

「ファウスト・フォン・ポリドロ卿」

もう一度、名を呼ぶ。

その名前が、ただただ恐ろしかった。

ヴェスパーマン家に代わり、王配ロベルト様暗殺事件の調査指揮を、その恐ろしいポリドロ卿が行う。

それを知った時に、背筋に冷たいものが走った。

死ぬのは良い。

私が死ぬのは別に良かった。

どれだけ酷い拷問が行われ、苦しめられようとも、この世の全ての痛みを凝縮された艱難辛苦を味わおうと、それは当然の事と受け止められた。

そうされて、当然の事をしたからだ。

そんなことはどうでも良い。

だが、だが。
私が惨く殺されるだけでは、もう済まない。
そんな程度では、許されない事をしてしまったのだ。
「何故」
ロベルト様は亡くなられた。
繰り言のように、嘆きを行う。
本当に、本当に、殺すつもりなど、どこにも無かったのだ。
酷く、なじられた。
私の訴えはロベルト様の激怒を買い、顔を殴りつけられた。
だが、そんな事はどうでも良かったのだ。
私は何故、あの場に小指ほどの小さな薬瓶などを持ち込んだ。
私に、あんなものはもう必要なかったのだ。
早々に、処分してしまえばよかった。
何故、悪魔は私の心を刺した。
何故、私はバラを枯らしてしまおうなどと企んだ。
全てを、何もかもをロベルト様に与えられたはずだ。
私は、我々は、本当に不満など何も無かったのだ。
だが『満ち足りた』事が原因で、それ以上を望んでしまった。

だからこそロベルト様の激怒を買ったのだ。
殴られたあの時ですら、その理由は十二分に理解できたではないか。
ロベルト様は、その激怒について全てを語ってくれる御方であった。
「嗚呼!!」
誰もおらぬ。
誰もおらぬからこそ、赤子のような呻き声を発する事が出来る。
死ねばよい。
死ねば、この苦しみから救われるのだ。
この5年間、ずっとずっと、その囁きに耐えてきた。
殺人など、罪とは思わぬ。
盗みなど、当然の事と思ってきた。
我々は満ち足りないのだ。
それを言い訳にして、生きて来たのだ。
ロベルト様に、あの御方に御会いするまでは。
「嗚呼……」
顔を覆い、指を眼球に伸ばし、そのまま指を突き入れたかった。
眼球を抉り、視界の全てを暗闇に閉じ込めてしまいたかった。
首にナイフを差し込み、自分の鼓動を止めてしまいたかった。

だが、出来なかった。

何度でも言う、もう惨い死に方など怖くもない。

死ぬべきなのだ、私は！

惨たらしく殺されてしまうべきなのだ！

ただ、私が、ロベルト様を殺してしまった事だけは、永遠に隠しておかねばならないのだ。

機会を窺（うかが）って死のうと思っていた。

いずれ、自分は自分の罪に対する、償いを行おうと考えていた。

きっと、何をしたところで償いは出来ないであろうが。

私の生における全ての引き継ぎを終えた後は、森に入って狼（おおかみ）や熊に生きたまま喰（く）い殺される。

自らの処断は考えていたのだ。

だが、私以外は、救われるべきだとも考えている。

罪を背負うのは私一人ばかりで、他に誰も罪はない。

だが、結論としては、私一人の死では済まされない。

きっと、多くが死ぬ。

リーゼンロッテ女王陛下は、ロベルト様の死を悼む全ての人間は、ありとあらゆる報復を、私に関わる全ての人間に行うであろう。

族滅だ。

私の率いる小さな一族が族滅されるのは確実と言えるだろう。

「嗚呼！　嗚呼！　あああ！」

赤子のような喚き声で、小さく啜り泣く。

死んでしまいたい。

本当に、死んでしまいたいのだ。

それで世界が閉じてしまうならば、今すぐにでもそうしたかった。

だが、私が死んでも世界は続く。

残酷な世界は、私に関わる全てを襲うであろう。

死は許されない。

不審な死は許されなかった。

あのロベルト様の死の際に、その死に付き添う事を嘆願したミハエルのように。

いっそ、ロベルト様が亡くなった際に遺書でも残して自殺――何を言っているのだ。

私はこの国の文字など、書けはしないではないか。

いや、どこの国の文字も書けはしない。

そんな教養があれば、ロベルト様に救われるまで、あのような暮らしなどしていたものか。

「はは」

乾いた笑いが起こった。

どこまでも、神を呪った。

私が、我々が、何をしたというのであろうか。

幸せになりたかった。

ただそれだけであった。

何をした？

私は、ロベルト様を殺してしまった。

そこに殺意など無く、ただバラを一輪枯らしたいなどという、ゴミのような欲望に囚われてしまったせいで。

私は、我々は、ロベルト様に与えられた全てを失うどころか、それ以上の憎悪を与えられようとしている。

ロベルト様に救われた人々、ロベルト様を慕っていた全ての人々、その愛情が。

憎悪の刃に代わり、私と私に関わる全ての人。

私だけではない人々に向けられるのは目に見えていた。

リーゼンロッテ女王陛下。

あの御方は、何もかも全てを一切、無かったかのように消し去るであろう。

我々の全てを屠殺するであろう。

存在自体が不愉快だと。

ロベルト様の全ての好意を裏切った、愚かな存在だと。
私の命を、我々の命を捧げても、慈悲を願う事すら不快であると告げられるであろう。
改めて、実感する。
我々でなければ、そこまでの目には遭わない。
我々は――我々は。
結局、産まれながらにして弱者であるのだ。
「はは」
それを、ロベルト様に救われたのに。
その存在を殺してしまった。
小さな悪意は、大いなる代償を求めた。
――眠れない。
ポリドロ卿が、暗殺事件調査の指揮に当たる事を聞いてから、ろくに眠れないのだ。
体温は、低温と高温の上下を繰り返し、時に嘔吐しそうになる。
幻覚と現実の境目が、定かではなくなる。
この病の、解決方法は？
無い。
病の根源を消してしまう方法。
ファウスト・フォン・ポリドロ卿を殺す方法など、亡き者にする方法など、どこにも無かった。

毒が効かない。

酷く有名な話である。

超人という、神に愛されることで成長の枷が外された、あの英傑達には、酷く毒が効きづらかった。

神に与えられし才能と、幼少の時より行われる鍛錬が、この世のあらゆる毒物を効きづらくしていた。

第一、どうやって毒を盛ると言うのだ。

私には、その手段が無かった。

ならば、一族で押し包んで殺してしまおうか。

もっと無い。

腕には、誰しも覚えがあった。

従軍経験すらあるのだ。

そう嘯いたところで、誰しもが鼻で笑うであろう。

アンハルトとヴィレンドルフの両国で最も強い超人を殺すなど、数十人で取り囲んだぐらいでは不可能であった。

あの憤怒の騎士の激怒を買い、一方的に虐殺されるのが結末であろう。

そもそも、一族の誰も従わない。

ファウスト・フォン・ポリドロ卿を襲う理由など、私以外の誰にも無かった。

誰も知らないのだ。

私がロベルト様を殺してしまった事など。

対症療法などない。

「……祈り」

くだらない方法が脳裏に浮かんだ。

信じてもいない、上っ面で信じていると誤魔化しているだけの神に祈る？

ああ、神はいるのだろう。

ただ、我らの神はいなかった。

祝福など受けていない。

我々は洗礼の儀式を強要されただけで、本音では、我らの神などいはしないと考えていた。

もし、仮にだが。

仮に、神がいたとするならば。

我々に、祝福を与える存在がいたとするならば。

「ロベルト様」

ただ一人だけであり。

私は、その祝福を与えてくれた存在を殺してしまった。

絶望が、私をこの5年の間包んでいた。

もし、このドアを。

この部屋のドアを叩いて、あのポリドロ卿が訪ねてきた場合に。

私は、どうするのであろうか。

自分の死を乞い、恥知らずにも一族の助命を願うのだろうか。

もはやこれまでと、自分の首をナイフで刺し、自分一人だけの世界を閉じてしまうのか。

最後の悪あがきとして、この王都から一族を連れて逃げ出そうとするのか。

何もわからない。

何も、わからなかった。

——その時。

ノックの音が。

「ロウソクも点けずに、どうされましたか？」

ドアが、開いた。

現れたのは、ポリドロ卿ではなく。

一人の女に過ぎなかった。

「獣脂で作ったロウソクは、煙たくてかなわん。別に明かりが必要なわけではない」

つとめて、冷静に答える。

ドアを開けて現れたのは、身長２００㎝体重１３０kgの巨軀ではなく、一人の女に過ぎない。

結局のところ、ポリドロ卿とは想像上の怪物に過ぎないのだ。

その功績はその歩む道を明るく照らせど、人の心の暗がりなど判るまい。

そうだ、判るはずがない。

私がロベルト様を殺した動機など、人知の及ぶところではなく。

何もかもが余計な心配にすぎないのだ。

「しかし、部屋から呻き声のような――」

「もう夜も遅い。眠れ」

眠ってしまえ。

自分に言い聞かせるように、呟く。

ポリドロ卿による調査も長くは続くまい。

それが済めば、ロベルト様の暗殺事件調査も終わりを告げるであろう。

後は、地獄まで秘密を抱えて生きていくだけである。

度々と刹那に押し寄せる、死への衝動を我慢していくだけ。

それだけ、それだけだ。

此処さえ乗り切れば、後は私個人が生涯をかけて苦しむ、たったそれだけで済むのだ。

「判りました。おやすみなさい」

「ああ、お休み」

ドアが閉じる。

終わりだ。

この話は、これでお終いだ。

後は、ベッドでただ眠るだけである。

人の心の暗がり。

それを抱くように、眠ってしまおう。

誰にも、誰にも悟られないように。

この暗がりが、明るい道だけをひたすらに歩いてきたポリドロ卿という、我らの抱える痛苦を少しも味わった事の無いような人間だけには決して判らないように。

私は眠る。

いずれ、二度と自分の目が覚めないその日が訪れることを、ただ心待ちにしながら。

ただ眠るのだ。

第78話　プロバビリティの犯罪

　プロバビリティの犯罪という言葉がある。

　江戸川乱歩であったか？

　近代推理小説の開祖たる、エドガー・アラン・ポーに由来するペンネームを持つ推理小説家。

　彼の書いた小説に初めて触れたのは、確か「赤い部屋」であったと思う。

　酷く、今回の件に「そぐう」のだ。

『こうすれば相手を殺しうるかも知れない。或いは殺し得ないかも知れない。それはその時の運命に任せる』

　確実性の低い代わりに、酷く迂遠な殺人方法を採る事で、自分が犯した罪が発覚する可能性を低下させる。

　未必の故意。

　——いいや、恐らく、この場合は。

　自分の武偏重な、それでも他人様と同じ色をしている。

　小さな灰色の脳細胞を必死に回転させながら、思考を深める。

「ファウスト、先ほどバラの棘に毒を仕込む程度の隙間は無かったか、と呟いたが」

「口にした通りです。ロベルト様を明確に殺す意図があれば、そのような手段を採らないのは判っておりますが」

そもそも、殺意が本当にあったのか？

このしばらくの間、マリーナ嬢、リーゼンロッテからロベルト様の事を聞いた。

どうも、要領を得ない。

最初は恨まれない人間などこの世にはいないと考えていた。

怨恨による殺人であろうと考えていた。

だが、ロベルト様は異質である。

酷く人格者であったが、同様に自分の行動できる権限を正確に見定めていたようなのだ。

ロベルト様を殺せば、その犯人を弁護する人間など誰もおらず、族滅に一路だ。

犯人がどのような人物であれど、そのようなリスクを負ってロベルト様の暗殺を企(たくら)むものか？

真面目に生きていた方がマシ、そんな馬鹿げた事を企む余地もない線を縋(すが)りつく嘆願者達との間に引いていたのが、ロベルト様であると思うのだ。

要するにだ。

「最初から、ロベルト様を殺す意図など無かった。それについて考えても良いかと」

「どうしたら、そういう発想に至るのですか？」

円形のガーデンテーブル。

この5年の間、捜査に当たったヴェスパーマン家の当主、マリーナ嬢の声が飛ぶ。

「君らが本当に真面目に調査をしていたというのならば、やはり犯人が見つからないというのはおかしい」

「真面目に調査していましたよ！」

「それは信じている。だからこそだ。だからこそ、思考のベクトルを曲げるべきなのだ」

この事件を、あくまで毒殺とするならば。

それは、常人が想像も付かないような、そもそも埒外の手段で。

外傷を考えるのならば。

「バラの棘で擦れた傷のようなものしかなかった。ならば、バラの棘に刺されて死んだ。その毒に触って死んだ。そう考えても良いと思うのです」

「ポリドロ卿の仰りたいことは、このミハエルにも理解できました。ですが、バラの生育は病気や虫との闘いです。何かの疾病にかかる事など珍しくも――」

「だからこそ、ロベルト様は毒に冒されたバラに触れたのではないか？　原因を確かめようとして」

そうして死んだ。

犯人は最初からロベルト様を殺す気など、欠片も無かったのではないだろうか？

せいぜい、バラを一輪枯死させようと思った程度。

鶴の羽一枚でも毟り取ってやったとでも思えば、幾らかは気が晴れよう？

頭の中に、そんな言葉がよぎる。

何度も繰り返す。

要するに、だ。

「犯人はロベルト様を殺そうなどとは、間違ってても考えてはいなかった。何か、発作的な怒り。理性では理解できれども、どうにもやり切れず。ロベルト様の大事な物。このローズガーデンのバラ一輪を枯らす事で、小さな復讐をしたかったのではないか。その可能性が考えられるのです」

「そんな馬鹿げた話があるか！　このローズガーデンに何輪のバラがあると考えているのだ!!」

リーゼンロッテが立ち上がり、周囲を眺める。

ガーデンテーブルから、バラを眺める。

一輪とて枯れたものは無かった。

庭師たるミハエル殿が良く手入れをしており、病気になったそれは剪定、或いは何らかの処置をしているのであろう。

つまり、ロベルト様も同様にしたはずなのだ。

大事なバラが枯れていれば、必ず触り原因を確かめようとする。

私の視線に気づいたのか、リーゼンロッテが小さく、それでいて威厳を保った声を吐く。

「マリーナ・フォン・ヴェスパーマン」

「は――はい！」

マリーナ嬢の、胃か心臓が潰れていそうなほどに引き攣った声。

馬車に踏みつぶされた雨上がりのカエルが、死に際に鳴きそうな声であった。

「お前は、調べたはずだ。ヴェスパーマン家は調べたはずだ。何処まで当時の事を覚えている？」

「当時の調査統括！　ヴェスパーマン家の当主としてお答えします!!　ロベルト様へ陳情に上がった当時の人間は、ロベルト様が亡くなられたその日、それは勿論の事!!　一週間前の陳情者に至るまで、背後関係を調べ上げ――」

「バラ自体は調べたのか!?」

リーゼンロッテが立ち上がったまま、ガーデンテーブル越しにマリーナ嬢の襟首を掴み上げる。

マリーナ嬢が、必死に叫んだ。

「ロベルト様が亡くなられた翌日には、ロベルト様に関わった全ての者が涙するように、涙雨が降り注いでおりました！　全てのバラを調べるなどという現場検証を行う事は不可能でした！　最初の方針では、警備が厳重に行われている王宮が現場、ロベルト様に出会った人も限られており、犯人はその利害関係を調査すれば見つかるものと――」

「言い訳にすぎん！　お前も、私もだ!!」

リーゼンロッテが悲痛な顔で訴える。

自分も原因であると、気付いてしまった。

今回の原因に思い至らなかった事に、気付いてしまったのだ。

とはいえ、このような事に思い至るかというと。

「しかし、確かに毒は現場に持ち込まれたのです。ロベルト様に御会(おあ)いするまえに、所持品の検査は？」

「ナイフや剣などの刃物は基本的には陳情者自らが、王宮を警護する騎士に差し出しておりました。もちろん、身体検査は行っておりますが……」

「毒は？」

小さく、呟く。

毒は持ち込めたのか、どうか。

それが問題である。

「小さな。本当に小さな小指ほどの薬瓶であれば、可能であったとは思います。ですが、ロベルト様が陳情者に御会いする際には常に騎士、侍童が付いておりました。ロベルト様が、ガーデンテーブルでは召し上がる飲み物に毒を混入する事などは不可能です。そして身体検査は間違いなく行われていたのです。そのリスクを考えて、毒を持ち込む等(など)とは――」

ミハエルが、震え声で呟く。

ミハエル自身も理解していようが、ならばバラに毒を振りまく隙間は？

それを問う。

「再度だ。再度問う。バラの棘に毒を仕込む程度の隙間は？　それが肝心なのだ、ミハエル殿」

「ロベルト様は陳情者の、分もわきまえぬ陳情に激怒される事はままありました。殴り倒した際は、その理由について語った後、陳情者を落ち着かせるために、しばらくローズガーデンに放置されることがありました」

「つまり？」

結論は、既に出たが。

答えを求める。

「ポリドロ卿の仰るように、バラの棘に毒を仕込む程度の隙間はありました。確かに、あったのです」

ミハエルの答え。

隙間は確かにあった。

だが、これはあくまでファウスト・フォン・ポリドロの仮定にすぎぬ。

真実であるかというと、それには程遠い。

「マリーナ・フォン・ヴェスパーマン」

名を呼ぶ。

当時の諜報（ちょうほう）統括たるヴェスパーマン家の当主に対し、問う。

「一週間前の陳情者に至るまで、背後関係を調べ上げたとうかがったが。さて、雨が降ったのはロベルト様が亡くなった翌日と？」

「亡くなられる、二日前に一度降りました。それは確実であります!!」

必死な表情で、マリーナ嬢が声をあげる。

理解した。

やるべきことは、ただ一つ。

先ほども言ったが、これが本当に真実であるのか？

それは私すら確信できない。

ではあるが。

「再調査しよう。3日間の陳情者を一人一人詰問するだけであれば、一週間もかかるまいよ。ロベルト様の調査と言えば、相手も断れまい」

調査する、その行為自体には、何の問題も無いのだ。

やるだけやってみる、その価値はある。

それに、冷静に考えれば全員をあたる必要までは無い。

バラに毒を仕込む程度の隙間があった人物、王宮の騎士、ロベルト様付きの侍童の目を逃れる事の出来た者を当たればよい。

「マリーナ・フォン・ヴェスパーマン。当時、ロベルト様への陳情にあたって御側付き（おそばづ）にいた騎士、侍童の名は判る（わか）か？」

「調査記録は、王宮に持ち込んでおります！　すぐにでも!!」

ならばよい。

そう時間はかかるまい。

「可能性が高い順、そこから詰問していこう。ただ、やはり雑音が混じる」

「雑音ですか？」

ミハエル殿が、甘い声で囁く。

雑音である。

やや洒落た言い方をすれば、ノイズとでも言おうか。

嵐のように回転していた自分の脳味噌に対し、あえて否定的な意見は述べなかったのだが。

「一度口にはしたが。ロベルト様暗殺の意思が無ければ、毒を持ち込む理由がよく判らんのだ。本当にそんな奴がいたものか？」

ガーデンテーブルを、自分の剣ダコでゴツゴツの指先で、コツコツと叩く。

私の予想が全て正しかったとしても――こればかりは、意味が判らない。

身体検査で見つかれば、相応の対応を取られるであろう。

死罪もあり得るのだが。

そのリスクを負ってまで、そんなバカげた行為をするものか？

こればかりは、理由が判らんのだ。

「……」

ミハエル殿が、何故(なぜ)か黙り込む。

うん?

疑問に思い、ミハエル殿の顔を見つめるが。

ミハエル殿はしばし沈黙を置いた後に、酷(ひど)く甘い。

官能的でありながら、それでいて震えた声で呟(つぶや)いた。

「習慣であったとすれば、どうでしょう」

「習慣?」

どこの馬鹿に、小指ほどの薬瓶に詰めた毒薬を持ち歩く習慣なんてあるんだよ。

生まれついての暗殺者か?

それですら、暗殺時以外にそんな不用意な事はしまい。

「そんな習慣を持つ人間など、いくら青い血、権謀術数をめぐらす貴族にもおるまい。平民はもっと無いだろう。そもそも、毒を入手する手段が何処にもない」

「いるのです」

何処に?

そう問いかけて、ミハエル殿の顔が真っ青になっている事に気づく。

何に気づいた、この青年。

「その習慣を持つ者がいるのです。装飾品や貴金属、財産の全てを品に替え、それを身に着けて旅する者達が。そうする事しか出来ない者達が。窃盗や人殺しすら、『我ら』が生きる糧となるため、手段として取り得ると考える者達が。人食いの噂や、誘拐犯などという何の根拠もない侮蔑を、その生き方への偏見ゆえに受ける者達が」

言いたいことは判った。

それは誰にも考え付かなかった。

捜査線上には、絶対に上らなかったであろう。

ハッキリ言って、意味が分からないからだ。

ロベルト様を殺したところで苦境に陥るだけで、その行為に何の見返りも得られない。

彼の庇護を受けていた、放浪民族という存在。

「その財産の全てを身に着ける習慣から、ロベルト様から安住の地を与えられてなお、その習慣を捨てられなかった存在。強敵を仕留めるための財産、最後の武器を肌身から捨てられなかったという可能性があるのです」

ミハエル殿は、懺悔をするように呟く。

決して口にしたくはないであろう。

本人とて、信じたくはないであろう。

意味が判らない。

ミハエル殿にとっては全く意味が判らない行為であるし、そして信じたくもないであろう。

だが、ミハエル殿にとって、気付いてしまった以上は口にしないなど許されぬ。

ロベルト様の侍童として、それは許されぬのだ。

「放浪民族です。我々には、その長い長い放浪の歴史の最中に入手した毒を、財産として、最後の武器として所有している可能性があるのです」

「まだ決まったわけではない!!」

リーゼンロッテが、ミハエル殿の甘い掠れ声を掻き消すように叫んだ。

「そんなバカな事があって良いものか！　それだけは、それだけは！　あってはならんのだ!!」

悲鳴。

金切り声を上げ、立ち上がったままのリーゼンロッテが震える。

顔は激怒に染まるのではなく、蒼白である。

唇を噛みしめていた。

「ロベルトが私に懇願したのだ。放浪民族に住む場所と、職を与えようと。もちろん、ロベルトは盲目ではない。深い慈愛の気持ちだけではなく、アンハルト王国における流浪の異民族たる放浪民族は数世紀に渡る問題であった。定住者たる我々と問題を起こし、その解決や責任を取る事なく、後は知った事ではないと逃げ回る。いっそ一人残らず滅ぼそうと、今までアンハルト王家の祖先は何度も考えた」

前世の知識。

今世とは違うが、放浪民族の迫害の歴史。

ナチスによるホロコーストであり、ニュルンベルク法であり、虐殺の一方的被害者。

同時に貧困ゆえの麻薬密売者、窃盗犯、強盗犯、犯罪の増加要因としての側面が思い浮かぶ。

その問題の明確な解決など、私が前世において死ぬ前ですら見えなかった。

どうしようもなく嫌なものが脳内に巡り、思わず苦渋の顔になる。

「だが、ロベルトは一つの解決案を示した。周囲に反対されながら、このアンハルト女王たる私の説得に対しても討論を重ね、やっとの事で放浪民族を雇用する道筋を立てたのだ。今、彼女達はこの王都で明確な問題は起こしておらぬ」

それは聞いた。

それはすでに聞いたのだ。

綺麗（きれい）さっぱり滅ぼすか、それとも全てを与えて王国民として吸収するか。

リーゼンロッテにとっては最後まで悩み抜いた挙げ句、ロベルト様の進言を聞き入れた分水嶺（ぶんすいれい）であっただろう。

「ロベルトが、その庇護した相手に殺されたなどと」

リーゼンロッテが、その小さな口で、小さく言葉を紡ぐ。

「それだけは、あってはならぬのだ。理解できるだろう、ファウスト」

「――」

私は、リーゼンロッテの言葉に対し、何の返事もする事は出来ない。
まだ、何も決まったわけではない。
証拠は無いし、ハッキリ言えば全てが憶測にすぎない。
だが、容疑者の候補から放浪民族を取り除く事も、それゆえに出来はしなかった。

第79話　愛する者よ、自ら復仇するな

どうでもよい。

リーゼンロッテ女王陛下の言葉に対し、もはや放浪民族など仲間とは思っていない私は考えた。

どうなってしまってもかまわない。

ロベルト様の仇（かたき）を討てさえすれば、その後のこの世には未練などなかった。

ロベルト様を殺した罪に対し、その罰を与えられる者達の中に、自分が混ざったとしてもどうでもよい事であった。

「……ポリドロ卿（きょう）。私は、すぐに再調査を開始すべきだと思います。大々的に再調査を喧伝（けんでん）し、仰（おっしゃ）った通り、ロベルト様が殺される前の3日間における陳情者を一人一人詰問しましょう」

「……」

返事なし。

ポリドロ卿は、何も語られない。

酷く苦渋に満ちた顔をしている。

何を躊躇（ためら）う必要があるのだ。

何度でも言う。

もう、放浪民族がどうなろうが知った事ではない。

「ミハエル殿、私には決断できぬ。今回の事件は、犯人を殺して解決というわけにはいかぬのだ」

「この事件における解答を導き出したのは貴方です。ポリドロ卿」

「その解答が正しかった時が問題となる。放浪民族がどうなるか理解して発言しているのか？　それこそ何の罪も無い赤子まで連座だぞ」

放浪民族は皆殺しにされるであろう。

元々、嫌われているのだ。

我々は、ロベルト様の御慈悲で定住の地と職を与えられた被差別民にすぎない。

亡くなられた、いや、殺されてしまった。

その後、いくらロベルト様が生前為した仕事であるとの大義名分があるとはいえ、放浪民族は差別感情に苦慮したと聞いている。

実に愚かで、馬鹿馬鹿しいことだ。

自分で自分の首を絞めて死のうとしている者達。

「貴族でも、平民でも、王配ロベルト様の暗殺犯となれば一族皆殺しにされるでしょう。連帯責任です。そして、それは放浪民族も同様であります」

「それでは済まぬと言っているのだ！」

リーゼンロッテ女王陛下の叫び。

一番復讐したいのは貴女であるはずだ。

私はロベルト様に全てを与えられ、救われたが。

ロベルト様がこの世で一番愛しておられたのは、貴女であるのだ。

ならば、一番復讐の権利を持つのは貴女であるはずだ。

何を躊躇う必要がある。

「もし、全ての事が明らかになれば。私は殺さぬわけにはいかぬ。アンハルト王都に居住する放浪民族の全てを、殺さぬわけにはいかぬのだ。ロベルトは、多くの人々に好かれていた。神聖グステン帝国の皇帝、教皇とも文通を重ねていた。ロベルト暗殺の犯人について、私は報告せねばならぬ。皇帝も、教皇もこう仰るであろう。そうか、ロベルトの慈悲は全て何もかも無意味であったか、と。もはや放浪民族を殺しても罪に問われないとグステン帝国とその加盟国全てに公布することになるであろう。全ての放浪民族が、虐殺されることになるのだ」

そうなるだろう。

もともと悪評持ちの放浪民族が、差し伸ばされた手を拒むどころか、手を差し伸べてくれた恩人を殺したのだ。

もはや、誰も人としては扱わぬだろう。

それがどうした！

女王陛下の目を見据える。

女王陛下の瞳の色は、すでに私人としての優しいそれではなく、冷酷な選帝侯としてのそれに切り替わっていた。

「ミハエルよ。事は慎重に運ばねばならぬのだ。もはや容易な事では片付かなかった。すでに状況は感情では片付かず、真実を隠す事も考えなければならない状況下に置かれている」

「女王陛下は、犯人が憎くないのですか」

「愛する者よ、自ら復仇（ふっきゅう）するな。ただ神の怒りに任せよ」

女王陛下は、酷（ひど）く冷え切った声で呟（つぶや）いた。

新約聖書　ロマ書 十二章 十九節。

私は、他の放浪民族と違い上っ面の信仰ではなく、ちゃんと聖書も読んでいる。

正直、神など信じなくてもよいが、教養になるから読んでおきなさいと。

ロベルト様の御言葉（おことば）に素直に従って、読むようになった。

その一節を、酷く冷え切った声で呟いたのだ。

だが、女王陛下の真意はその言葉そのままではあらず。

「正直言えば聖書の言葉など、どうでもよい。放浪民族がどうなろうが知った事ではない」

もっと根深い感情にある。

ロベルト様への、深い愛情が根本にある。

「だが、それではロベルトのやった事は何になるのだ？　我が夫が、その信頼を力として、私に対して、皇帝に対して、教皇に対して、貴族に対して、平民のギルド代表に対して、全てのありとあらゆる者を説得し、文書を交わし、嘆願し、時には頭を下げ、努力してきた。その全ては何のためであるのか。私はロベルトがどのように努力してきたかを知っているのだ。ミハエルよ、お前がロベルトに会う前からずっとだ。私はロベルトが為した事の全てを知っているのだ」

「リーゼンロッテ女王陛下」

「許されないのだ。ロベルトの慈愛により為してきた事の全てが、何もかも愚劣な行為であった。そう呼ばれるのは、そんな惨い事が許されて良い訳が無い。そんな事が真実であって良いわけが……」

女王陛下は感情を、すでに抑えきれないでいた。

鉄面皮な表情とは裏腹に、口の端の震えは抑えきれないでいる。

公人としての立場と私人としての感情が、狂ったように跳ねまわっているであろう。

「もうよい、真実を知りたいなどと望んだ私が愚かであった。もう、これほど苦しい思いをするのならば、何も知りたくはない。私は心の安寧を、今回の再調査に求めていたのだ。残酷な真実ならば知りたくはない。知って何になるというのだ。ロベルトが生きて帰ってくるとでもいうのか？　屍山血河を築いた先に何があるのだ？」

「……」

「調査は打ち切る。もう何も聞きたくはない。ポリドロ卿、ヴェスパーマン卿、済まなかった。もはや、私の心はこれ以上の重しに耐えられぬのだ」

対面に座るポリドロ卿は、何も語られない。

女王陛下の言葉を、苦渋に満ちた表情でずっと聞いている。

横に座るヴェスパーマン卿も、同様であった。

調査の依頼者である女王陛下が、もう嫌だと悲鳴を上げていた。

ならば、これ以上は王家に忠誠を誓う騎士としてはできないであろう。

だが、そんな事、ロベルト様の侍童にすぎぬ私の知った事ではない。

私が忠誠を捧げるのは、リーゼンロッテ女王陛下ではない。

ロベルト様ただ一人であった。

それは、リーゼンロッテ女王陛下が自ら命じた事であった。

「ならば、私が直接問い詰めます。当時の事は覚えております。ロベルト様が殺される前の3日間において、確かに放浪民族の代表者が陳情に訪れておりました。歌劇場の座長であります。私は同族であることから、その立会人となる事を避けておりましたが、当時の騎士や侍童、ああ、思い出しました。女王陛下お気に入りの実務官僚と、その夫となった侍童でありました。二人とも優秀でおられますので、当時の事は良く覚えているでしょう」

尋ねれば、すぐに判る事。

何もかもを表に曝け出してやる。

どれほどの醜い事を、我が同族がしでかしたのか。

その裁きがどういう物であるのか。

そこに屍山血河という結末があっても、私の知った事ではない。

「ミハエルよ。人が死ぬのだ。多くの人が死ぬ。死んでしまう。これが単純に憎悪を向けられる相手であるならばよかった。己の罪を隠匿し、ロベルトを殺した事を何とも思っておらぬ愚か者であるならば、一族もろともに凄惨な結末を迎えさせる事で済んだ。私は復讐を為す事で、心の安寧を得られた。だが、真実は残酷だ。誰も救われない。この事件が解決することで、誰が救われると言うのだ」

「犯人が罪の意識にずっと苦しんでいるとでも？　殺意の有無など関係ありませぬ。罪には厳罰を以て処するのが人としての生き方であります。私は復讐します。かつて、私が10歳の頃に、ロベルト様に与えられたナイフで自分の母親を刺殺したように」

私はロベルト様に人としての生を与えられた。

私はかつて人畜であり、放浪者である放浪民族の一人として、その苦しい生活の路銀を稼ぐための去勢鶏であり。

一生、この歌の裏に憎悪を込めて、ただ吐き出すだけの歌うたいにすぎなかった。

生殖機能を奪われ、男とも女とも呼べぬ歌声を発するだけの存在。

今は違う。

今は違うのだ。

私のこの世における生は、ロベルト様という存在によって肯定されたのだ。

「私はこの時だけのために、今まで価値もない命を繋いできたのです」

私が今歌っているのは放浪民の音楽ではなく独唱曲である。

復讐の歌である。

この世全てに対してではなく、ロベルト様を殺した犯人への。

私に人としての生、その全てを与えてくれた恩人を殺した愚か者へ、この5年間で歌ってきた殺意の全ては向けられている。

復讐の炎は地獄のように、我が心に燃えさかっていた。

「この殺意が誰に止められるものか。復讐するは我にあり、私はロベルト様にこれをもって報いるのです」

「ロベルトがそのような事、望んでいると思うのか？」

「望まぬでしょうね」

先ほど、殺してもロベルト様は帰ってこないと女王陛下は仰った。

では、このまま見逃せとでも言うつもりか。

それだけは、あり得ない。

ロベルト様の命を奪った事への報復は、凄惨に行われるべきであった。

「ロベルト様は本当に優しい御方でありました。その自身の死すら、殺意が無いと理解できたなら、事故であったのだとお許しになるかもしれません。だからこそ許せません」

許しなどはあり得ぬ。

それだけはあり得ぬのだ。

「あの優しい御方の命を奪った悪人を殺すのです。それだけが正義なのです。私にはもはや、それ以外の結末などあり得ぬのです」

それさえ、やり切れば。

私の命の火を燃やし続けていた、最後の願いさえかなえられたならば。

地獄に落ちても、ずっと笑っていられるであろう。

苦渋の表情。

私を見ながら、ずっと、その表情を続けていたポリドロ卿が口を開く。

「提案を」

この事件の犯人を見つけ出したポリドロ卿。

その言葉を遮る事は、出来なかった。

「まだ、犯人が決まったわけではありません。ですが、この事件は単純には片付かないと考えます。調査は慎重に行う必要があります」

「ファウスト！　もう良いと言ったはずだ!!」

「リーゼンロッテ。貴女の心を理解できるなどとは、私には言えません。どれほど辛いか、私ごときには想像がつきません。ですが、ここで真実を知らねば。この先、貴女はずっと心残りを抱えたまま、生涯を終えることになります」

苦渋に満ちた顔に反して、酷く優しい声で呟いた。

ポリドロ卿の声は労わりに満ちており、女王陛下も言葉に詰まる。

私も、ヴェスパーマン卿も、誰もその声には逆らえない。

「事件は調査します。真実を導き出します。ですが、慎重に行いましょう。犯人が誰か悟られぬよう。大々的になど行わず、ひっそりと。誰の目にもつかぬように」

「どうするのです？」

具体的にはどうするつもりなのか。

それを問う。

ポリドロ卿は答えた。

「再調査の担当責任者である私が動くと、事が大きくなってしまう。当時、放浪民の座長が陳情した際に立ち会ったという実務官僚殿、そしてその夫である侍童。その二人だけはバラ園に呼びましょう。女王陛下が当時の想い出話をしたい、と望んだ。そのように取り計らってください。もちろん誰にも漏らさぬよう口止めが――可能でしょうか？」

「あの二人なら、誰にも漏らしません」

信頼のおける、有能な二人であった。

あの二人なら、何があっても秘密を墓場まで持って行くであろう。

ポリドロ卿は、一体。

「まだ、真実がそうと決まったわけではありません。ですが、犯人が仮定の人物と判明した場合」

この事件の結末をどこに持って行くつもりなのか。

それを、耳を澄まして、ただ聞く。

「ひっそりと、死んでもらいましょう。ロベルト様を殺した、その毒によって」

犯人だけを殺す。

復讐（ふくしゅう）を、ひっそりと行う。

ロベルト様のための、レクイエムを歌うのだ。

それはそれでよかった。

「私に不服はありません」

妥協点であった。

何もかも世界の全てが破滅してしまえばよい、そういう気持ちに包まれていたが。

女王陛下の御心は、それに耐えられそうにない。

ロベルト様の為（な）した事が、無駄となる事には耐えられそうになかった。

ゆえに、妥協する。

「ですが、復讐するのは私にさせてください。宜（よろ）しいでしょうか、リーゼンロッテ女王陛下」

そして、許可を得る。

ロベルト様が一番愛していた人から、復讐の許可を。

「私は、もはや関わらぬ。何も聞きたくないのだ。続けると言うのであれば……結末だけを報告せよ。ミハエルに、ファウストよ」

女王陛下は、ポツリと呟き、その許可を出した。

何もかもを私とポリドロ卿に委ねた。

ポリドロ卿が、また口を開く。

「先ほども言ったが、再調査の担当責任者である私が動くと事が大きくなる。座長に詰問するのはミハエル殿に委ねる事になるであろう。まあ、まだ何もかも――」

決まったわけではないがね。

ポリドロ卿はガーデンテーブルで瞑目し、静かに呟き捨てた。

そうだ、何もまだ判明したわけではない。

全ては仮定にすぎない。

まだ憶測の段階にすぎなかったが――誰もが、なんとなく理解していた。

この世の真実ほど残酷で無慈悲なものは無いと。

今はただ、その事実に辿り着く前の、最後に与えられた静けさに過ぎないのだ。

第80話　復讐の炎は地獄のように我が心に燃え

結論から言えば、やはり放浪民族の座長が犯人である。

誰もが苦渋に満ちた顔で、そう判断した。

リーゼンロッテ女王陛下のみが調査に関わらず、失意のあまりに寝込んでおられる。

もはや何も聞きたくないと。

我々の判断を聞こうとせずに、大量のワイン瓶を抱えながら、自室へと引きこもってしまわれたのだ。

まあ、そうなるであろう。

何もかもが、女王陛下にとってはやりきれない話となるのだ。

「歌劇場に、もうすぐ到着します」

「そうか」

王家ではなく、ヴェスパーマン卿が所有する、装飾が控えめの馬車。

馬車内には簡素な長椅子が固定されており、私とポリドロ卿が二人して座っている。

いよいよ事態は大詰めを迎えていた。

座長への詰問と、その結末が、せめて薬になればよいのだが。

女王陛下の病を治す、良薬になればいいとは思う。

だが、それはもはや、私ミハエルの仕事ではなく、横に座っているポリドロ卿の為すべき事であるとも考えるのだ。

馬車の中で、私は唇に拳をやり、人差し指を触れさせ。

思考の渦へと入る。

女王陛下お気に入りの実務官僚の騎士と、かつての同僚にしてロベルト様の侍童であった者。

その夫婦は、当時の事をよく覚えていた。

陳情に訪れた放浪民族の旅団代表にして歌劇場の座長は、やはりロベルト様の激怒を買い、その頬面(ほおべら)を殴りつけられていたのだ。

頭を冷やせと宮廷のローズガーデンに、しばし置き去りにしたとの証言を得ている。

バラの棘(とげ)に、毒を仕込む隙間は確かにあった。

「ミハエル殿」

「何か？」

ポリドロ卿が、酷(ひど)く神経質な様子で、私に目を合わせないまま呟く。

「何故(なぜ)、貴殿は笑っておられるのか？」

「逆に、何故ポリドロ卿は苦渋に満ちた顔をされておられるのですかね。私の場合は――」

理解してはいる。

この結果が、気に食わないのだ。

誰も救われない。

誰も救われないのは、判り切っていた。

これから、歌劇場の座長をひっそりと殺したところで。

誰も救われるわけがないのだ。

私が笑っているのは――

「破滅願望でしょうね。私の現世での心残りが、これで片付きます。これが終わりさえすれば、もう――」

正直な心を伝えた。

ロベルト様に酷く似た雰囲気を持つ、ポリドロ卿に嘘を言うのは避けたかった。

本音を吐く。

この復讐さえ果たせば、私はこの生を閉じる事が出来る。

「貴殿が死ぬことは許されん。誰もそれを望んでいない」

「私の生死は、私が決めます。それだけの事です」

配慮はしよう。

この先、私が死んでしまった後の、世の中は配慮しようと考えるのだ。

病んでしまった女王陛下には、それを癒やす良薬となるものを届けてあげたいと考えるし。

ポリドロ卿には、その結果がたとえ誇るものではないにせよ、今回の事態に対する結末は与えてあげたい。

ヴェスパーマン卿に対してすら、前任者として、この宮廷殺人劇における真実は教えてあげたかった。

私は世の中を呪うどころか、むしろ周囲に対しては優しさに満ちているとさえ言えた。

なれど、私は死にたかった。

「もう、良いと思うのです。私がこの現世で為すべき事は何も無くなりました」

復讐の後は、もう何も残らない。

この復讐の炎が地獄のように燃え盛った後は、その灰すら残らずに、この世から消えてしまうものだと思えた。

私の存在はそのように価値のない物であるし、そういう風にして余生を繋いできた。

ロベルト様が殺されてしまった後の余生を。

「バラ園はどうする。ロベルト様の遺したバラ園は、ミハエル殿が庭師として管理されているのであろう？」

「……私一人だけで、あのバラ園の全てを管理しているわけではありませんし。リーゼンロッテ女王陛下が、下手な人間に、あのバラ園を管理させるとは思えません。大丈夫ですよ」

世は全てこともなし。

心残りは何も無かった。

ポリドロ卿が、酷く苦渋に満ちた顔をしている。

私をどう説得するか模索しておられるのが、あからさまであった。

優しい方だ。

瞑目しながら、未だ記憶に焼き付いているロベルト様の姿を思い出す。

同じ筋骨隆々の身体なれど、やはりポリドロ卿の巨軀とは重ならない。

だが、自分の手が及ぶ範囲であるならば、少しでも人に優しくありたいとする姿はロベルト様によく似ていた。

笑みを浮かべる。

この命を絶つ前に、ポリドロ卿に出会えたのは僥倖であった。

貴方がいるからこそ、私は心置きなく命を絶てるのだ。

後事は、ポリドロ卿が良きようにしてくれるであろう。

もはや、私に言葉は通らない事は理解しているであろうが。

最後まで、ポリドロ卿は説得を諦めない。

「ロベルト様は、ミハエル殿がこのような形で、その命を絶つことを望んでおられるだろうか？　もう一度、よく考えて頂きたい」

陳腐な台詞。

言うと思った。

発言されたポリドロ卿自身でさえ、陳腐だと思っているであろう言葉を考える。

望まないであろう。

この後行う復讐も、私が死ぬことも、何も望んでおられない。

ロベルト様はそういう御方であったのだ。

「ポリドロ卿。自分でも無駄と思う言葉を発言してはいけませんよ」

笑って、嗜める。

貴方の言葉は全て無駄なのだ。

この先、生きたところで何も良い事など無い。

私は、人生の結末はここであると定めてしまった。

この決意は揺らぐ事が無い。

「――――」

ポリドロ卿が、口を閉じようとした。

そのまま、二度と開かないのではないかと思った。

二人して沈黙したまま、放浪民族の住まいにして、その芸を披露する劇場が一体となったオペラ・ハウスに到着するものと思われたが。

ポリドロ卿が、ポツリと呟いた。

「ミハエル殿にお聞きしたい」

「何でもどうぞ」

気軽に答える。

ポリドロ卿は、苦渋に満ちた声でもなく、悲しそうな声でもなく。

せめて、私の決意に対して真摯であろうとした、全ての感情を消し去った質問を口にした。

「貴方の人生の結末は――ここでよいのか？」

「ええ」

返事は澱みなく、口から吐き出た。

もう、何もいらないし。

この先、生きていても良い事などない。

生殖能力を奪われた私が残せる子孫は無く、人生において守るべきものも、勝ち取りたいものもなかった。

嗚呼――思えば、歌だけは嫌いではなかったな。

これだけ、これだけだ。

自分が人に誇れるものなど、これだけであった。

「私にはミハエル度の全てを理解することは出来ない。何分出会ってからが短い」

ポリドロ卿は、どこか遠くを見ながら語っている。

「だが、人生で辛いことなど沢山ある」

「王族のお気に入りで、目映いばかりに貴族人生を謳歌しているポリドロ卿でもですか？」

からかうように笑う。

ポリドロ卿の立場は、貴族社会では決して悪い位置にはないはずだ。

「そうかな。自分ではよくわからないが。例えば私が人を殺すのが嫌いだと言えば？」

「……英傑のポリドロ卿がですか？」

「人には生まれというものがある。立場と言うものがある。仮に相手が賊であっても。そこまで落ちるには理由があったのかもしれない。殺人自体は気分の良いものではない」

そういうものだろうか。

「私は初陣にて盗賊に口を割らせるために拷問をしたり、20人を斬り殺したときがあるが、その時の気分は良いものではなかったよ」

「騎士として誉れではないのですか？」

「誉れではない。私は殺人を忌避しないが、それは前提として領地領民のための軍役という理由がある」

ポリドロ卿は語る。

「世の中、誰も彼もが楽しんで生きているというわけではない。務めがある、役目がある、為さねばならぬ事があるからそれだけのために生きている場合もある」

「……だから私に生きろと？」

「墓守で良いではないか。ロベルト様の墓守として生きれば良いではないか。それも務めではないか」

嗚呼。
ポリドロ卿は、きっと優しい人なのだろう。
ここまでも私を哀れんでくれている。
だけど。
それでも。
「私の考えは変わりません。こんな糞みたいな世の中から一抜けさせていただきます」
そう告げた。
ポリドロ卿は、何もかも諦めたかのようにして。
ああ、こういうこともあるのだと大きく息を吐いた。
「私では、ミハエル殿の決意を崩す事ができないようだな」
ポリドロ卿の、諦めの言葉。
私は返事しない。
単純な肯定の言葉で返答するのは、無粋と思われた。
無粋な言葉に代わる、何かを。
さて――私の、浅い学識から出る言葉は。
結局、唯一誇れる事について。
「最後の歌を聞いて頂けますか？」
何を、とポリドロ卿が唇を動かそうとして。

それを無理やり閉じた。

私の言葉に続きがある事を、察してくれたのだ。

「レクイエムを歌おうと思うのです。私は、ロベルト様の墓守になる事は出来ません。だから、次に歌うのが最後となります」

ポリドロ卿の顔が、また苦渋に満ちた。

言いたい事はよく判るのだ。

墓守として生きて良いではないか。

その命が自然に消えるまで、ロベルト様へのレクイエムを歌い続ければよい。

だが、もはやポリドロ卿は、何も言おうとしなかった。

何もかも、判ってくださった。

良き人であると思う。

この人が残るならば、もう何の心配もいらない。

女王陛下に、必ずや心の安寧をもたらす事が出来る。

「……」

沈黙が続いた。

もう時間はない。

この馬車はじきに、歌劇場へと着くであろう。

「一つ、頼みがある」

「何でしょうか」

「最後の歌を。レクイエムを歌うなら、女王陛下に聞こえるように歌ってはくれないか」

はて。

妙な事を仰(おっしゃ)る。

ポリドロ卿の考えが、よく判(わか)らない。

「何を考えておられるのですか？」

「私は女王陛下に、心の安寧を求められた。だが事件の結末を報告するときは、酷(ひど)い困難が予想される。女王陛下にとって、報告は苦痛にしかならぬと思う。だが背後に歌が流れているならば、少しくらいは気が紛れると思うのだ。私が止(や)めよと言うまで、レクイエムを歌い続けて欲しい」

「……何を考えておられるのかは、正直このミハエルには判りかねますが」

まあよい。

私の死を受け入れてくれたポリドロ卿の頼みであり、女王陛下の心の安寧に役立てると言うならば。

断る理由はなかった。

「お受けします」

「有り難う。さて——どうやら、着いたようだが。私は馬車から出る事は出来ぬ」

ポリドロ卿が、表舞台に姿を現す事はできない。

今回の事件は、秘密裏に片付けなければならなかった。

「判っております。後は全て私にお任せを」

これにてポリドロ卿との会話は終わり。

後は、私がエンディングを歌い切るだけである。

この事件の幕引きとしよう。

※

勝手知ったる歌劇場の座長室。

彼女の居室を兼ねている、その部屋へと入る。

周囲の人払いが済んでいる事の、確認は終わっていた。

「ミハエル、今日は何の用で――」

「今日は歌劇場の歌手たるミハエルとしてではなく、ポリドロ卿の使者として、ここに立っている」

用件を速やかに告げた。

座長は僅かに肩を揺らしただけで、それ以外の反応は見られない。

が。

「ポリドロ卿は全てを見破った。もうお終いだ。懺悔の準備は出来ているな？」

「何の事だかさっぱり――」

「犯行手口は判っている。犯人がお前だという事も判っている」

ただ、事実のみを告げる。

ポリドロ卿が導き出した事実を。

「殺意が無かったと言う事まで判っているのだ。もはや言い逃れはするな」

「ミハエル、何の事だか私には」

「動機だ。動機だけが判らない。ポリドロ卿は、女王陛下の心の安寧を求めておられる。それには、全ての真実を明らかにする必要がある」

部屋の中央に立ち尽くす、座長に詰め寄る。

襟首を摑み、顔を寄せる。

大声を張り上げるのではない。

座長にしか聞こえないように、小さく呟く。

「ただ、世間に公表する気はない。全てを知るのは、私と、女王陛下と、ポリドロ卿と、ヴェスパーマン卿。たった4人だけで良い。意味は判るな？」

「――ミハエル」

「お前が正直に罪を告白し、自害すれば、放浪民族は御咎めなしという事だ。私にとっては気に食わない事だが、ポリドロ卿は事を荒立てたくないと言っておられるのだ」

呟く。

他の人間には聞こえないように、世間の誰にも聞こえないように。

静かに、呟く。

「死ね。さっさと全てを告白し、ただ死ね。ロベルト様を殺害した毒が残っているならば、それを飲んで自決せよ。ポリドロ卿はそれを望んでいる」

「本当に」

反応。

座長が躊躇(ためら)いを消し去り、心を露(あら)わにする。

もはや、その顔を覆っていた薄皮は剝がれさり、臆病者の犯罪者としての姿が現れる。

「本当、に――」

襟首から手を離す。

座長の身体(からだ)から力が抜けきり、くずおれるように床へと手をついた。

私に頭を下げながら、身体を震わせて、涙声を発する。

「それだけで、それだけで良いのだな。私が死ぬだけで、全てが――放浪民族が迫害される事は無いのだな」

「そうだ」

知ってはいた。

知ってはいたが、やはりポリドロ卿の導き出した答えが全てであった。

腰にぶら下げたナイフで、足元に縋(すが)りつく罪人の身体を切り刻み、殺してやりたい。

ロベルト様から頂いた、自分の母親の心臓を貫いたナイフで。

この女が命懸けで守ろうとする、全ての物を踏みにじってやりたい。

だが、出来ない。

それが、ロベルト様が生前為した事を無駄にしない、たった一つの冴えたやり方であった。

「死ねと言われれば死のう。望まれるならば、自分の胸元をナイフで捌き、この心臓を取り出そう。私は死んだところでまだ余る罪の内、僅かを償おう。だが女王陛下は、もうじき王位をアナスタシア第一王女殿下に継承される。もし殿下に、この事が明らかになった場合は？」

「先に、真実を知るのはたった4人のみで良いと言ったはずだ。他に漏らす事はない。事情を察する事が出来るであろう人間も、最後まで黙っているだろう」

鬱陶しい。

アナスタシア殿下が知り得たところで、賢明なあの御方なら女王陛下と同じく、真実を明らかにしない事を選択する。

だが、それを一々説明してやる義理は無い。

最後まで、恐怖を抱えながら死にゆけ。

私が知りたいのは――。

「さあ、全てを吐き出せ。何があったか、ロベルト様が仰った事に対し、お前が何を考えたのか。当時、お前の陳情に立ち会った際の騎士と侍童は、ハッキリと覚えていた。だが、お前がバラに毒を盛った動機。それだけが判らない」

判らなかった。

最後まで誰も判らなかった、この罪深き女の動機だけ。

英明たるポリドロ卿にも、同じ放浪民族たるこのミハエルにも、それだけが理解できなかった。

何故（なぜ）、バラを一輪枯死させたいなどと、歪（ゆが）んだ願望を抱いた。

人の心の「暗がり」だけは、ポリドロ卿も犯人に聞くまで判らないと仰った。

真善美、人が生きていく上での究極の理想を死の際まで追い求めた、ロベルト様を殺した理由。

それさえ知れれば。

この命に未練は無い。

ポリドロ卿であれば、後事を何とかしてくれるであろう。

私はただ、座長がその口を開くのを、ただひたすらに待っていた。

第81話　私にはわかる、消え失せてしまったことが

顔面を殴打された。

地面に倒れ、這いつくばるようにして、私を殴った相手を見つめる。

この王国アンハルトを統治するリーゼンロッテ女王陛下の王配、ロベルト様であった。

「馬鹿な事を口にするな！　まさか、他の場所で口にしていないであろうな!!」

「決して、決して、そのような事は」

這いつくばる。

這いつくばらなければ、ならなかった。

頭の上に落ちる、怒号。

今は、どうにかしてロベルト様に怒りを静めて頂くしかなかった。

背筋に走る怯え。

何もかもが台無しになる事を恐れながら、発言したことを後悔する。

「全てを台無しにするつもりか！　状況を理解しているのか!!」

「しております。何もかも、私達の立場を理解しております。なれど、なれど――」

後悔はしている。

それでも、口にしなければならなかった。

元より、このような望みが受け入れられるわけがない。

そんな事は私にさえ、判り切っていた。

だが、だが。

「私達と同じように、苦境に直面している放浪民族へ、救いの手を——そんな事、叶わぬのは判っております。文字すら書けぬ無教養の私にすら、判っております。ですが、他の放浪民族からの嘆願を受けた以上は口にせぬわけにも！」

「お前の元に訪れるであろう放浪民族は全てアンハルトから追放すると、最初から言っておいたはずだ！　お前は私の歳費が無限にあるとでも勘違いしているのか？　ポケットに入れたビスケットのように、それを叩けば金貨が2枚に増えるとでも思っているのか⁉　お前の望みは私の力を超えている！」

神聖グステン帝国、その皇帝と教皇に対する最高権威を認めた加盟国。

選帝侯たるアンハルト王国において、我が旅団に定住を認めて職を与えたロベルト様の施策は、放浪民族に伝わりつつあった。

それこそ、神聖グステン帝国中の全ての放浪民族に。

当然の流れであったのだ。

苦しい放浪生活から我らも救われたいと、他の者達が望むことであるのも。

そして——。

「座長よ。お前は、本当に理解しているのか？　私はすでに告げたはずである。救うのは、私が救えるのはお前達旅団のみである。これは、神聖グステン帝国中の領内において放浪する放浪民族の最終的解決に向けた実験にすぎぬのだ」

そんなこと、ロベルト様はすでに読んでおられる。

事前に言い聞かされていたのだ。

私の元に一縷の望みをかけて訪ねてくる者達がいるであろう事も。

「私はすでに何度も発言した。当然覚えているであろうな？　復唱せよ」

「……私達へ職を与えたのは、居場所を与えたのは、放浪する君らによる犯罪を撲滅するためである。そのための手段は問わない。皇帝陛下は最初『放浪民族を殺しても基本的には罪に問われないこと』とする案を考えていたと」

「私はその案だけは避けようとした！」

それには感謝している。

心の底から感謝しているのだ。

苦渋に満ちた顔の、ロベルト様と視線を合わせる。

「なんとか救えぬか、そう考えた。君らが放浪する犯罪者の温床と考えられ、都市では放浪民族が現れたら教会の鐘を鳴らして合図し排撃されるような。我が領邦の人々が、皇帝陛下に与えられた大義名分を手に放浪民族を狩りだすような。そのような地獄が出現しては、人々の心は荒廃していく一方であると考えたからだ」

「承知しております」

地獄は出現しなかった。

ロベルト様が、必死の抵抗をされたからだ。

神聖グステン帝国の皇帝陛下、教皇猊下と文通をしているロベルト様の発言力は高かった。

議論を交わし、最も良い解決方法を模索し、ロベルト様が一つの結論を提案した。

この問題の最終的な解決策として、アンハルト王国内にて放浪民族に定住の地と職を与える施策を試みよう。

もちろん、障害はある。

皇帝陛下が反対し、教皇猊下が反対し、妻にしてアンハルト王であるリーゼンロッテ女王陛下が反対し、その配下である貴族が反対し、平民のギルド代表者達が反対した。

要するに、放浪民族など死んでしまっても構わないではないか。

苦しむのは我々ではない。

それが残酷なまでの本音であり、唯一ロベルト様だけが反対していた。

全て知っている。

全てを、ロベルト様に教えられ、知っているのだ。

これは別にロベルト様が感謝を求めたのではなく、庇護される放浪民族の代表者が知らなければならない現実として教えられた。

全ての人の理解を得て施策を進めるのが、ロベルト様の在り方であった。

その優しいロベルト様が教えてくれたのは、正直聞きたくもない現実。

放浪民族は絶滅政策すら考慮される状況下にあるという悲惨な現実であった。

我らが何をした？

いや——被害者ぶるのは、止めておこう。

我らは決して謂れなき被差別民族ではない。

それだけは、それだけは。

最後の放浪民族の誇りとして、認めなければならなかった。

ロベルト様が酷く嫌う、狂ったような泣き声を発するだけの、自助努力をしない生き物。

ただ困窮した、困窮した。

私は恵まれていない、恵まれていないとオウムのように被害者意識でひたすら繰り返すだけの吐き気を催す屑にはなりたくなかった。

それだけは、最後の一線であったのだ。

我らは神聖グステン帝国において定住を許されなかったが、我らも文化として定住を望もうとしなかった。

だが。

その生き方は、もはや許されぬとロベルト様が仰ったのだ。

「時代が変わったのだ」

私の復唱に満足したのか、ロベルト様が語り始める。

この語りも、何度も聞いたもの。

「時代は変わった。数世紀まではその日を食うにも困っていた我らの祖先は、もうおらぬ。神聖グステン帝国における、我らの灌漑(かんがい)技法は向上し、輪作が考案され、農業の効率が大きく向上した。何度でも言おう。権利と義務を自覚し、自治と連帯を志向するようになった市民意識は、アンハルトにおける諸侯の領邦において目覚めている。自立を進めて国家の体裁を整えつつあるのだ。国家主権とでも呼ぶべきそれ、そこに放浪民の居場所は無い。君ら放浪民の居場所など、もはや何処(どこ)にも無くなってしまった。君らの居場所は、この先はなくなる。このアンハルトの定住民達が、君ら放浪民族の権利を認めるには、同化以外の手段がない」

「我らにも、文化……ロベルト様の仰る文化がありました」

「文化とは、人が食べていく手段に過ぎないと考える。もちろん、私は放浪民族に文化など無いとは言わぬ。占い師がいた、芸人がいた、鍛冶師がいた、博労がいた、大工がいた、医者がいた、私はだ。君らは一つの民族集団であり、手工業や芸事では卓越した物を為(な)すと考えている」

ロベルト様が、私を宥(なだ)めるのではなく。

心の底から、それを理解するようにして呟(つぶや)いた。

そして、完全に否定した。

「だが、その放浪民族の文化は、もはや何の役にも立たぬ。君らの生活を守るうえで何の役にも立たぬ。剣にもならねば楯にもならぬ」

ロベルト様は優しいが、酷く現実的な人であった。

冷酷な事実は、冷酷な事実として告げるのだ。

ありのままに、私の目の前に示すのだ。

「かつて我々の祖先では、君ら放浪民族を公爵や伯爵と言った人間が、軍人として雇い入れる事すらあった。だが——今においても、それはないのだ。信用が出来ぬからであり、何より」

「いらない」

「……そうだ。農業生産性が向上し、常備兵が整えられるようになった現状ではな」

優しいロベルト様でさえ、ハッキリとは言わなかった言葉を吐く。

いらない。

いらないのだ、もはや我々は。

我らは我らなりに文化を積み上げてきた。

放浪者として、食べていくための技術を蓄積してきた。

だが、それは定住者にとっては、もはや手工業ギルドが整い、常備兵を整えられる。

この時代においてはいらぬ。

無用の長物となってしまった。

「……パンを焼いたことはあるか」

ロベルト様が、呟いた。

正直に答える。

「ありませぬ」

「小さな領地では、領民が集まってパンを焼く日があるそうだ。何せ、パン窯は一つしかない。領民の愚痴を聞くために、まあ小さな領主であれば、その場に現れる事すらあると聞く」

ロベルト様が呟く言葉。

このパン窯は、初めて聞く話である。

一体、何を仰りたいのか。

「この平民達が皆でパンを焼く習慣も、一つの文化とは言えよう。だが、それは製パンギルドが一手に担う事によって、その文化は消滅する」

「つまり？」

「文化は歴史の進歩と同時に消滅する。私は、放浪民族の文化は殆ど(ほとん)が定住化の際に滅ぶと考えている。そして、同時に」

その滅びに、剣にも楯にもならぬ文化に、何の価値も無いと考えている。

実質的な、ロベルト様に拠(よ)る宣告であった。

汝(なんじ)、定住化のために放浪民族の文化を一度捨てよ、と。

「放浪民族にして、王都における歌劇場の座長よ、告げよう。音楽や芸事を残せ。君らの歴史は歌劇場の中に生かしていけ。その技術を、民族の歴史を継承したいと言うなら、私は邪魔をせぬ。子を親から奪う事はせぬ。だが、教育は受けてもらう」

「あの、放浪民を信徒にしようと望む宗教家達による教育でありましょうか」

「元より、上っ面の改宗など慣れていよう。信じろとまでは言わぬ。必要なのは、読み書きができる事だ。教養という物は、それそのものが生きていく上での剣と楯に他ならない」

ロベルト様は、放浪民族の定住化施策を考えておられる。

それはどこまでも徹底していて、二度とアンハルトから出られぬような。

全てを与えられ、それでいて雁字搦めの慈悲であった。

権利に対しての責任を。

当然の事ではある。

「君らは、轍なのだ。アンハルト王家で行われた最終的解決を見届け、それに続く他の領邦における放浪民族の馬車が定住化に向けて通るための轍なのだ。何もかもが上手くいかなければならない。一つでも失敗をしてしまえば、全ては水泡に帰す。定住化など無理であったと、それで終わってしまう。グステン皇帝陛下は冷たい決断を行うであろうよ」

「……」

結果を出さなければならない。

このアンハルト王国にて、定住化に成功したとの実績を。

それが、それが達成しなければ。

放浪民族は――今の状況など夢そのものとさえ思われるような苦境に遭い、絶滅させられるであろう。

「私が言いたいことは以上だ。理解したか？　お前を訪ねて来た者はすぐさまアンハルトから退去するように命じろ。それはお前の仕事である」

「承知しました」

「しばし、このローズガーデンにて冷静になれ。騎士と侍童も連れて行く。そのガーデンテーブルの茶でも飲みながら、一人で考えを纏める事だ」

ロベルト様。

それに付き従って、騎士や侍童が離れていく。

ローズガーデンには、私一人となってしまった。

何もかもが正しい。

一人になり冷静に考えたが、何もかもロベルト様が正しい。

そんな事は最初から判り切っていた。

一足飛びに問題を解決する力は無いし、ロベルト様はどこまでも賢明であられた。

私は。

私は、本当に、ロベルト様を殺すつもりなど欠片も無かった。

悪心は、私の暗がりから起きた。

国々を彷徨い、定住する事が出来ず、その日の路銀にも苦しんだ。

放浪民族の座長としての心から起きたのだ。

醜いものだ。

麗しいローズガーデンを眺めていると、どうしても、どうしても。

「全てを生まれた時から持っていた」としか思えない、ロベルト様が何を言うのかと。

「全てを生まれた時から持っていなかった」座長としては言いたくなる。

我々は轍となるであろう。

ロベルト様の指示に従い、ロベルト様に与えられた歌劇場を職とし、定住地としよう。

その、我らの職である歌劇場の利益から、夫を旅団に迎え入れるのだ。

それで放浪民族の女との血を混ぜれば、あっという間にミックスの出来上がり。

すぐに、同化など上手く行くまい。

だが、3代経てば、4代も経てば違う。

我々は放浪民族としての文化を失う代わりに、定住民としての地と、職を得る。

それを子孫が引き継いでいくであろう。

このまま何もしなくては廃れていく歴史も文化も、歌劇場の中で生きるだろう。

我々が作ったその轍を参考に、神聖グステン帝国中の領邦が、最終的解決策の参考として馬車を走らせるだろう。

それは良い。

とても良い事であった。
だが――どうしても、引っかかるのだ。
愚か者の嫉妬、そういうものとしか呼べない。
一言で言ってしまえば。
「公爵家に産まれ、王配として迎えられ、誰からも愛されるロベルト様」
貴方はどのような苦労に遭ってきたと言うのだ。
苦労などしていない。
我らが歩いてきた「暗がり」など少しも知らない。
常に、明るい道だけを歩いて、愛されてきた人物であった。
貴方に――
「貴方に、何が判るのか」
地面にひれ伏したまま、袖の一部を引っ張る。
悪癖。
習慣であり、悪癖である。
最後の武器、この小指ほどの小さな薬瓶を忍ばせる習慣が、私にはあった。
「バラを」
このバラ園の何千輪ものバラを、たった一輪。
たった一輪だけ、枯死させてしまいたいという願望にかられた。

だって。

だって、余りにも、ロベルト様が眩しすぎた。

何もかもが正論に満ちていた。

明るい道しか歩いたことのない顔で、ひたすらに正論を吐き続ける。

私はそんなロベルト様の事が、憎らしかった。

「貴方に、何が判ると言うのだ」

人食らいと呼ばれた事があるか。

人さらいと呼ばれた事があるか。

訪れた街で「街に入りたければ、その死体を片付けておけ」と。

犯罪者や放浪者、また時には、私達と同じ放浪民族であった芸人の死体。

それを埋めた事はあるか。

犯罪者や放浪者として、それらと同様のものであると扱われている我らの気持ちがわかるか。

ロベルト様は、明るい道しか歩いた事が無い。

我々が抱く、憎しみ、嫉妬、もちろん、それは知識として理解できていよう。

それだけだ。

この、心の奥底にある、ロベルト様への羨望だけは理解できるまい。

我ら暗がりの者が、暗い道をひっそりと歩きながら抱える憎しみ等は判るまい。

羨望が。

貴方のような、明るい人間に対して、暗がりの者がどれだけ酷く酷く醜い感情を覚えるかはわかる方法がない。

だから、私は小さな報復をした。

一言で言えば、穢したいと思った。

このローズガーデンの一輪を。

あの完璧なロベルト様の、少しばかりを穢してしまいたいと思ってしまった。

「……」

ふわり、と宙に浮いたような気持ちである。

ガーデンテーブル傍のバラの垣根に近づく。

一輪。

たった一輪だけであった。

それを枯死させたいと思った。

ロベルト様の愛するバラ園の一輪でも枯らす事が出来れば、あのロベルト様がそれに気づき、少しでも悲しい気持ちに陥るならば。

——それは、私にとってはどうしようもない昂奮であった。

軽やかな昂奮であった。

同時に、惨めな昂奮であった。

私は、あの穢れの一片も無いロベルト様のバラ園に、一つの穢れを与える事の出来る妄想に浸っていた。

だから、私はあの時、そのバラに毒を塗った。

そうだ、毒を塗ったのだ。

私は殺意など無かった、だがロベルト様はそのバラに触れ死んでしまった。

おそらくは枯死したバラを心配し、他のバラを病から防ぐため剪定しようと。

毒が塗られた、その棘にロベルト様が触れた結果として、死んでしまった。

そうだ。

ファウスト・フォン・ポリドロ卿が予想したように、私に殺意など欠片も無かった。

同時に、その言い訳など出来る余地もなく、私はロベルト様を殺した殺人犯である。

それを否定するつもりはない。

殺すつもりなど無かった。

私は殺すつもりなど、本当に無かったのだ。

あの優しいロベルト様を殺すなんて畏れ多い事、この世の誰が考え付くものか！

それを為してしまったのが私であった。

もうよいか？

もうよいであろう？

頼む。

死なせてくれ。

それだけに縋って生きてきた。

私が、この罪を僅かながらも償える日が来るのを、心待ちにして生きて来たのだ。

たとえ我らを救わぬ神が、私を地獄に連れて行くとしても、それは当然の結果であると考えながら、ロベルト様を殺してしまった後の5年間を生きて来たのだ。

ミハエルよ、お前は、私の懺悔に吐き気すら催すであろうが。

お前の母親が、お前を人畜として扱った事に対し、何の罰も与えず。

路銀の足しになるならばそれでよいと、あのロベルト様が我らに与えたような大いなる慈悲の欠片も無しに、ただ苦しい放浪生活のために。

たかが、それだけのために、お前の生殖能力を奪った事を許した。

そのような邪悪が、私であるのだ。

私は、ロベルト様に御会いして、その優しさに触れて、初めて理解した。

自分が吐き気を催す邪悪であると、ようやく理解したのだ。

私など、産まれてこなければよかった。

ロベルト様を殺してしまう私など、この世に産まれてこなければ良かったのだ。

だから、だからだ。

この世から、私という邪悪を消してくれ。

あの優しいロベルト様を、殺した愚かな私を。

この現世から消し去ることを許してくれ。

地獄へと送ってくれ。

私には、私だけには判っていたのだ。

あの優しいロベルト様を殺した私だけが、５年前から判っていたのだ。

私という吐き気を催す邪悪によって、この世の善の顕現というべき存在が、消え失せてしまったことを。

※

「笑わせるな。お前は何もかもを勘違いしている」

吐き捨てるようにして、台詞は口から出た。

まるで歌劇のように。

「この暗がりが、あの御方には。ロベルト様にはわからぬだと？」

朗々と口にして、腰のナイフに手を掛ける。

だが、抜きはしない。

「あの御方が何の苦労もせずに生きてきたとでも思っているのか？　何の苦悩もせずに今まで明るい道を歩いてきたとでも思っているのか？」

「違うとでもいうのかね、ミハエル。あの御方は余りにも眩しすぎた」

ナイフを抜く代わりに。

座長の傲慢な口ぶりに、ハッキリと口にしてやる。

「私はロベルト様の傍にずっといた。だから知っているのだ。あの人がどれほどの苦悩と苦労の末に国家のために尽力していたか。リーゼンロッテ様を支えるために人生を費やしていたか」

「眩しいだけではないか。目映いばかりではないか。ロベルト様やポリドロ卿は表舞台に立っている！」

「……あの御方にも暗がりはあった。お前には理解できないだろうが」

口にはしない。

ロベルト様との思い出は大事だから、人になど口にはしない。

代わりに、ポリドロ卿の立場について口にしてやる。

「例えばポリドロ卿は騎士として、何も楽しんで人を殺しているわけではないことを知っているか？　彼が務めとして任務を全うしているだけにすぎないことを知っているか？」

「目映い務めだ。貴族として人生を謳歌している」

嗚呼。

「笑わせるな」

そうだ、明確に現実を突きつけてやる。

「再度言おう。今回、お前が犯人であることを突き詰めたのはポリドロ卿だ。彼に秘密を暴かれたのだ。これがどういう意味かわかるか？」

座長が、少しだけ揺らぐのが見えた。

身体を震えさせ、身をよじったのだ。

「恐らくはお前の動機も理解されるだろう。ああ、そういう理由で犯行に至ったのかと」

「……理解されるわけがない」

「理解される」

だって、ポリドロ卿にも暗がりはあるのだ。

彼は英傑だ、沢山の人を殺してきた。

だが実のところ、殺人を忌避している。

ただ、任務だからやっているだけだ。

「ポリドロ卿も任務のために汚いことをやったこともあるだろう。盗賊に口を開かせるため、拷問をしたなんて聞いたこともある。その手を汚したことなど数えきれぬほどあるだろう。勝手に、他人ばかりが明るい道を歩いているなどと羨むばかりで、自分の罪から目を背けるな！」

座長に近寄る。

首を摑んで、現実を突きつけてやる。

「お前が抱いているのはただの傲慢だ!!」

座長は私の言葉を聞いてくずおれるように膝を折り、身体を震えさせた。

心が折れたのだ。
はね除(の)けるようにして座長を押し飛ばし、顔を背けた。
「ただ死ね。毒を飲んで死んでしまえ！」
私はそう吐き捨てて、その場を立ち去った。
もう、何もかもが嫌だった。
こんな糞(くそ)みたいな世の中、耐えきれなかった。
生への執着など、もはやどこにもありはしなかった。

第82話　激情

なるほど、放浪民の言い分は理解した。

結論として、相互理解が不可能な例など、この世にはままあるのだ。

私はそれで話を終えてしまう事としたいのだが。

どうにも、思考は止まらぬ。

「ううむ」

正直、少しの部分だけにおいて、バラを枯らそうとした動機だけは納得がいってしまった。

私は前世において、近代文明人として暖衣飽食の身の上で育った。

そして現世でも青い血の跡継ぎ、辺境領主騎士として育てられた。

我が領地はそこまで豊かではないが、私自身は食うにも着る物にも困った事は無く、周囲からその存在を認められて育ってきた。

放浪民にとっては、さぞかし明るい道しか歩いた事の無いように見えよう。

我が母マリアンヌが狂人として扱われてきた屈辱に、歯を食いしばった事も。

我が血族を繋いできた先霊、そして領地や領民のために命を捧げることを騎士として誓っている事も。

それでさえも、明るい道と見えるであろう。

教育の欠如、貧困を原因とする生きるための犯罪。

そのどうしようもない困窮者の立場からすれば、私やロベルト様は常に明るい道を歩んでいる。

それは否定しないし、事実そうであろう。

我々は最後まで自分の意思に忠実に生き、立場により行動は左右されれども、それすら人生の美しさであると、個人の価値観に基づく真善美のままに死ぬのだ。

恵まれた生き方をしている。

嫉妬もされれば、憎まれもしよう。

たとえ、その言葉がどれだけ正しかろうと、なんとなく気に食わないのは判る。

率直に言葉が届かない相手がいるのは、私にだって理解できるのだ。

「……ままならんな」

本当に動機に関しては納得がいってしまったのだ。

動機だけで、では結果が許せるかというとそんなことは無いが。

それで殺されてしまったロベルト様にとってはたまったものではない。

あの放浪民の座長には、自決という形でちゃんと責任を取って貰いたいものだ。

この夜半に毒をあおって、自裁を行うであろうが。

まあ、自裁しなければ族滅だ。

確実に死んでくれるであろう。

「……」

雑考を止める。

誰もが望まぬ結果であり、実は今回の事件解決において救われたのは、地獄に落ちるのを心待ちにしていた座長ぐらいのもの。

王家も、ミハエル殿も、ヴェスパーマン家も、死を望む座長に取り残される放浪民達（たち）も、誰も得などしなかった。

後はただ一人。

このファウスト・フォン・ポリドロがどうするかのみである。

「……」

騎士として働かねばならなかった。

私は、必ずや、リーゼンロッテに。

いや、リーゼンロッテ「女王陛下」に心の安寧を届けると誓った。

その誓いは必ずや、果たさなければならなかった。

私は騎士である。

歌が、聞こえていた。

ミハエル殿が、そのソプラノ、女声の高い音域で、王宮の庭にて歌いだしたのである。

レクイエムであった。

レクイエムの意味は。

「安息を」

前世におけるラテン語で、その意味を示す。

女王陛下の心の安寧を、安息を、私はあるがままに、求めなければならぬ。

事件解決など、リーゼンロッテ女王陛下が最初に望んだとおり、どうでも良いのだ。

あの美しい「リーゼンロッテ」という、私が一人の騎士として誓った女性への約束を守らねばならぬ。

この世界は、あべこべ世界である。

貞操観念が逆転しており、男たる私が女性の幸せを望むなど、ちぐはぐであった。

だが、知った事ではない。

私の男として、騎士としての誇りを見せつけてやる。

私には、女王陛下の心の安寧を、安息をもたらす方法など、いまだ考え付かぬ。

だが、この女王陛下の私室のドアを、ノックせぬわけにはいかぬのだ。

私は一騎当千の英傑としてではなく、ただの一人の騎士として、絶対に破れぬ女性への約束を果たすためにここに立っている。

覚悟せよ！　ファウスト・フォン・ポリドロ!!

ドアをノックする。

一撃である。

二度ではない、たった一度の返響であった。

たった一度のドアノックを行い、立ち尽くす。

「入れ」

リーゼンロッテ女王陛下の一言は、ただの行動を要求していた。

ドアを開き、その中へと入る。

明かりは僅か。

蜜蠟（みつろう）によって作られたロウソクが僅かな明かりを、室内を照らしていた。

床には空となったワイン瓶が転がっていた。

――食事は、取っておられるのか。

心配するが、そのような事を質問するまでもなかった。

リーゼンロッテ女王陛下は、痩せ細っておられたのだ。

この数日の間、満足のいく食事など取っておられるはずもない。

食事を絶った、もはや満足に行えぬ、苦悩の末の姿であった。

「――よい、何も語るな。何も無かった。何も無かったのだ。あり得て良いはずがないのだ。私の夫が、この世で一番愛した男がこの世で為（な）した事が。何もかもが、無駄であった愚かな男であるなどと」

「報告いたします！」

私は、この先を語る権利があるのか？

疑問を抱きながら、語らぬわけにもいかぬのだ。

女王陛下は懊悩の末に、今にも死んでしまいそうであるが。

たとえ、その爪で顔面を引っかかれようとも。

ワイン瓶で酷く殴打されようとも。

これだけは、真実だけは、告げぬわけにもいかぬ。

「犯人は――放浪民の座長でありました。もちろん、彼女に殺意などありませぬ。無かったのです。彼女が穢したかったのはロベルト様の生命ではありませぬ。彼女が穢したかったのは――」

「バラ園、つまり、ロベルトが侍童の時分から積み上げてきたもの。その善にして美である、全てであったと発言するつもりか」

憔悴していた。

痩せ衰えておられたのだ。

長髪の赤毛は輝きを失っており、目の周りは酷く黒ずんでおり、身体の芯は痩せ細っている。

調査を行った、この数日の間、ワイン以外の何も口にしていないのであろう。

それを口にしながら、私の発言から、ずっと考えておられたのであろう。

ずっと、ずっと、ずっと。

この5年もの期間、考えておられたのだ。

犯人が放浪民の可能性すら、考えておられたのかもしれない。

だが、否定した。

何の利益も無い、それだけはあり得ないし。

あってはならない事であると。

だが。

「発言致します。自白をしました。犯人は——放浪民の座長でありました。今夜にて、自裁を要求しました。今頃、毒を呷（あお）っている事でありましょう」

「——」

声にもならぬ。

リーゼンロッテ女王陛下が、声にもならぬ悲鳴を上げた。

後悔する。

私とて、愚かな私とて、一手一手に、その選択を誤った事ぐらいは判るのだ。

私は今、選択肢を明らかに間違えたのだ。

リーゼンロッテ女王陛下が、手に持っていたワイン瓶を、私の頭に投げつける。

その投擲（とうてき）は、私の額にて破砕し、超人より強度の弱い一撃は、無駄な破片となって床に落ちていった。

せめて、痛打の一撃も私に加えてくれれば、リーゼンロッテ女王陛下の心の慰めにもなったかもしれない。

無意味であった一撃を見やり、苦渋に満ちた顔で、そう考える。

「これならば、真実などいらなかった！　お前は、何を考えて、このような事をしてくれたのだ！」

酷く、痛烈な一言であった。

ワイン瓶による一撃など、もはや意味もない。

リーゼンロッテ女王陛下の声は、それ以上の悲痛に満ちていたのだ。

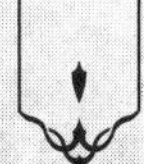

判っている。

何もかも、私が始めた物語であった。

私がファウストに事件の解決を依頼し、ファウストはそれに応えた。

心の底から騎士として、あるがままに忠誠を尽くし、犯罪が起きる可能性の全てを潰して調査を行った。

その結果が、これであった。

真実は、審(つまび)らかとなったのだ。

誰が真実を望んだのか。

それは、私以外の何者でもない。

「――」

顔は。

私の顔は、酷く醜く歪(ゆが)んでいるのだろうか。

憎悪とも怒りとも近いが、決定的に違う。

神聖グステン帝国選帝侯にして、アンハルト王国の女王ではない。

アナスタシアやヴァリエールの母親としてでも、もはやない。

公人とも私人とも違う、何か得体のしれぬ化け物のような物となっているのではないか。

何もかもを保てない、直隠しにしてきたリーゼンロッテの本性が現れているのではないか。

それを恐れている。

理解はしている。

理解はしているのだ。

ファウストが苦渋の顔で口にしたのは、私の望んだ真実ではなかったのだ。

私のこれからの人生は。

この虚しい現実だけを抱えて生きて行かねばなるまい。

運命というものが、あのロベルトを酷く愚弄した事実を受け止めなければならない。

「ファウストよ。私は――」

ファウストは、ずっと苦渋の表情を浮かべている。

今回の事件解決において、ファウストが、最大限の努力を私に対して行った事に対し。

私はそれに対し、何を与えた？

ワイン瓶を、怒りのままに頭へと投げつけた。

私がファウストに与えたのは、ただそれだけ。

何か、それを挽回する言葉を口にしなければならなかった。

謝罪の言葉か？

褒美の言葉か？

私が、口に出来たのは。

「何を望む？　ファウスト。お前の褒美を言え」

褒美の言葉であった。

謝罪などはファウストも、もはや望んではいまい。

リーゼンロッテという人物は、もはや破綻した。

いくら誤魔化そうとすれど、先ほどの狂態は覆せぬ。

このように醜い私の事など、もはや温厚なるファウストも嫌いになってしまったであろう。

もう、これで終わりにしてしまおう。

後の私の人生などは、オマケのようなものだ。

アナスタシアが王都に帰れば、王位を譲ってしまおう。

私は、引きこもる。

王宮に引きこもってしまい、後は拙い手つきで、ロベルトの遺したバラ園を維持する事としよう。

女王としての幕を閉じ、隠棲するのだ。

その決意が定まる。

微笑を浮かべながら、ファウストに視線をやる。

ただ手を、私の目の前に差し出して。

こう呟いた。

ファウスト・フォン・ポリドロ卿が、騎士として求めた褒美の内容は、ただ一つ。

「どうか、私とワルツを」

ミハエルが、王宮の庭で歌っている。

だが、あの子が歌っているのは、レクイエムであった。

円舞曲などではない。

死者への鎮魂歌であった。

金を。

宝物庫から、その手で一抱き出来るだけの金銀財宝を、抱えて領地に帰ればよい。

それが何よりの、ファウストへの褒美だと考えていたが。

「お前は何を言っているのだ？　褒美はやろう。その手で一抱き出来るだけの金銀財宝を
――」

「金など、いりませぬ。金銀財宝などいりませぬ。私は領民のためでもなく、領地のためでもなく、今回は私の意思でこの事件の解決に挑みました。その褒美に私が望むものはただ一つ」

「……」

手を差し出している。

その手は、本当に金などに興味はなく、握る相手を求めていた。

「どうか、私とワルツを」

朴訥に呟く。

その声に、少し笑う。

「ファウストよ。お前は踊れるのか？」

「一応は教養として、母マリアンヌから。もっとも、呼ばれもせぬパーティーでは一度も披露した事なく、この7、8年踊った記憶はありませぬ」

要するに、ファウストのダンスにおける教養は死んでいる。

社交場の基礎となるマナーを除いてのそれは、完全に錆びついているだろう。

それを褒美としたいと、私と踊る事を褒美としたいと言うのだ。

ファウストは、何を望んでいる？

手が。

手が、私の眼前に差し出されている。

私は、震えながら、その手を握る。

居室の硝子戸から光が入ってくる。

僅かに月が欠けた夜であった。

ファウストの皮膚は頑丈で、皮膚も皮下組織も厚く、特にその手は鍛錬でゴツゴツとしている。

腕には血管が浮き出ており、その管を循っている血が透いて見えるようであった。

超人としての質と、幼き頃から鍛えられた環境がそうさせた。

ロベルトを思い出す。

ファウストの筋骨隆々の身体、太い腕、ゴツゴツとした手を、この手が触れあった感触で思い出す。

ああ、ファウストはロベルトとは違う。

しかし、時折どうしようもないほどに、あの人を思い出させるのだ。

「褒美である。踊ろうか」

「はい」

力が、全身から抜けている。

ここ数日、ロクに食事も取っておらぬからだ。

酔いに任せて、身体はふらふらとしている。

なれど、この身はアンハルト王族にして、この麗しき赤毛を誇る超人一族である。

狂戦士の血を引く、戦場では物狂いのように走り回る一族の、その当主であった。

酔いによるふらつきなど、2、3度も深呼吸すれば失せた。

——踊りを。

世の男どもからは実は酷く評判が悪いもの。

なにせ体力もなければ数も少ない男から見れば、大量の女達に弄ばれ、散々に振り回されるのが舞踏祭だ。

だからこそ、キチンと「言葉」で会話する事。

相手の体力に気を遣い「リード」する事、断られた時には素直に応じる「エチケット」が重要事項となる。

ファウストでは、両方必要なかったが。

ただ一つ、問題があった。

「下手糞だな」

「でしょうね」

ファウストは酷く怪しい足つきであった。

無論、言うまでもなく私はその技量不足を補助しようとしたが。

さすがに、素人も同然の動きでは、どうにもならなかった。

武の超人たるファウストにも、出来る事と出来ない事がある。

あるはずなのだ。

ファウストは、もはや何一つ呟かない。

静かであった。

広い我が居室にて、男と女の超人二人、無言のステップが続く。

何か、音が欲しかった。

背後に聞こえるレクイエム以外の何かの音を。

「ファウストよ、このワルツには何の意味がある」

尋ねる。

耐えかねて、口に出した。

ファウストはしばらく黙り込んでいる。

足を合わせる。

「何もありません」

頬を近づけるが、視線を合わせない。

何か辛(から)いものを噛(か)んだような顔で、ファウストは呟いた。

「もはや、このファウストなる騎士が、何を女王陛下に言えるというのでしょう。私は、結局のところ万能には程遠い、武骨な超人にすぎませぬ」

ファウストへの返事は、無言にて行った。

ファウストは何もかもが下手糞であった。

手を握り合う強さは卵を握るような繊細さではなく、力強く。

走る歩幅はその巨軀(きょく)から酷く大きく、パートナーたる私の歩幅と合っていない。

何より、テンポが悪い。

そもそも、レクイエムに合わせて踊る事が無茶であるが。

まあ、何にせよ下手糞だった。

しかし、これは褒美である。

もう止めようなどとも言えぬ。
「なるほど、お前はどこまでも武骨であるな」
結局のところ、ファウスト・フォン・ポリドロはどこまでも直情的であるのだ。
この目の前の男が、一人の騎士が考えている事は、どうにかして。
どうにかして、私を。
この目の前のリーゼンロッテなる女の心を救えないかだけを考えていた。
私が以前口にした、心の安寧を愚直に考えていたのだ。
「――」
お前はかつて、ある9歳児の幼子のために、床に頭を擦り付けた。
ヴィレンドルフ女王の心を救おうと、自分の心の全てを明かした。
将来訪れる脅威から何もかもを守ろうと、ゲッシュを誓った。
それで、今まではどうにかなってきた。
だがなあ、今回ばかりはどうにもならぬのだよ。
下手糞なワルツ。
それを踊ったところで、私の心はもはや晴れない。
お前はその頭で、お前なりに必死に考えたとは思うのだ。
何の解決策も見当たらぬが、せめて気晴らしになれば、と。
お前は確かに事件を解決したが、私の心の安寧ばかりはどうにも得られぬだろう。

だが、それでよいではないか。

誰も彼もを救おうとして、死ぬ馬鹿な男よりも——。

「嗚呼(ああ)」

そんな馬鹿な男がいた。

たった一人だけ、この世に、確かにいたのだ。

あの日、あの時、私とロベルト宛に神聖グステン帝国皇帝からの書状。

放浪民族における政策、「放浪民族を殺しても基本的には罪に問われないこと」とする案を告げられた時に。

私は、公人として、使者に対しては、こう答えた。

よろしい、と。

何もかもを是認した。

だって、仕方ないし、知った事ではないのだ。

私が守るべきものは、他にある。

最優先すべきものは、他にあるのだ。

それはアンハルトという王国であり、血を繋(つな)いできた王家であり、それを支える貴族、国、そこに住む領邦民。

全ての責任があり、国に属さぬ放浪民族などは二の次どころか、最下位ですらない。

どこで死のうが構わないが、耕す土が汚れるから、アンハルトで死んでくれるな。

そのようにすら思っていなければ、女王とは誰も認めぬ。

嘆きを、口にする。

「ロベルトは厳格なリアリストでもあった。出来る事と出来ない事を踏まえていた」

突然すぎて何の事やらファウストには判らぬだろうが、私の口は止まらぬ。

「なまじっか、大抵の事は何とか出来る能力を持っていたのが不味かった。私は一度、ロベルトに問われたのだよ。アンハルト領内の放浪民族のみ、救ってもよいかと。私は強く反対した。それだけしかできなかったのだ。だって、ロベルトならば、その範囲を救う事ぐらいは出来たのだから」

あれは愚かな夫であった、と。

もはや、そう思わなければならないのだろうか。

だって、もうアンハルト王家の王配に相応しくない。

庇護した相手に殺されてしまった愚か者である。

目を閉じ、ロベルトの顔を思い浮かべる。

顔を隠そうとする。

言葉は漏れども、この疵を直隠しにする事は、もはや出来そうになかった。

公人としての、表情が繕えないのだ。

だが、ファウストと結んだ手は、どうも指が絡み合ってほぐれぬ。

ファウストが、その膂力を以て摑み、放してくれないのだ。

卵を摑むような力加減ではなく、下手糞な力加減のホールド。

手を解くのを諦め、顔を、ファウストの胸にぶつける事で隠す。

「この世の全てが、ロベルトの考える正しいか正しくないかで、思う通りになればよかったのに。優しくあればよかったのに」

そんな都合の良い世界など、この世の何処にもありはしなかった。

私は神聖グステン皇帝陛下の言う事が効果的な案だと思っていたし、そうしようと思った。

「ロベルトは酷くリアリストであった。でも、だからこの世が嫌いだなどと言うねじくれた男ではなかった。あのバラ園を造ったように、恵まれぬ環境の中で光る人材を拾い上げようと、せめて『どうにかならぬのか』と最初に考える男であったよ。異常なほどに賢く、人の心に敏感であった」

私は反対した。

「ここ数日、酒に酔い、ベッドに沈みながら、ロベルトの夢を見る。放浪民族の絶滅政策を聞き『どうにかならぬのか』と発言したロベルトに全身全霊で反対した時の夢を」

それが、却っていけなかった。

「ロベルトは人の心に敏感であり、会話の最中に気付いてしまった。別に、私リーゼンロッテは、公人ではない私人たる私は、放浪民族を殺したいとは思っておらぬ。むしろ哀れんですらいると」

私は何故、あのような事を許してしまったのだ。

結局は、放浪民族でもロベルトでもなく、このリーゼンロッテのせいなのだ。

結局は、弱い自分の心の隙を、ロベルトが見抜いてしまった。

「もっと卑しい所、もっと悪い所、もっと面目を失するような自分の欠点を、ちゃんと夫に教えるべきだった。ロベルトは優しい夫で、本当に誰にも優しかった。そして、私を愛してくれていた。だから——」

頬に一筋、落涙する。

口にする。

ロベルトの前では吐いた事もない弱音を、ファウストの前で口にする。

このような言葉を、ちゃんとロベルトの前で言うべきだった。

そうだ、ロベルトは確かに、放浪民族を哀れんで救おうとしていた。

だけど、一番救おうとしたのは。

私の心であった。

「ロベルトを殺したのは私だ。ロベルトは、私がそのような事はできればしたくないという私の本音に気づいて、私がもはや触れる事すらできぬよう。ロベルト自らが、放浪民族に対する最終的解決という火中に手を突っ込んだのだ」

ロベルトは、確かに私を愛してくれていたのだ。

この世の闇なる部分から私を守れればと、夢想していたかのような男である。

私は、そのロベルトの夢を、この数日ずっと見ている。

「私には、ロベルト様の事が判りかねます。リーゼンロッテの事を本当に守ろうと考えるならば、何もかもをいらないと切り捨てるべきであったとすら考えます」

「であろうな。結果から見ればそうだ。お前が正しい」

ファウストによる、本音かどうかもわからぬ、その慰めのような批判。

私もそうして欲しかった。

何もかも失ってしまうぐらいならば、そうであった。

「だが、私はあの、ちぐはぐなロベルトに惚れ抜いていたのだよ。お前がマルティナを救ったように、我が国の利益は考えども、それは別としてヴィレンドルフ女王カタリナの心を見事斬ったように。お前を侮蔑視するこの国を守るために、狂うた馬のように働き続けた姿が、本当によく似ていた」

ああ、そうだ。

結局、ファウストとロベルトが似ている根っこは、やはり、その容姿ではないのだ。

光り輝く、その心の生き様だ。

魂の炎だ。

「……嗚呼」

あの人が、私の夫が残したもの。

灰となっても残るもの。

それを少しずつ思い出した。

アナスタシアとヴァリエールの二人娘。

あの人が見出した優秀な部下達、バラ園、その他諸々。

それはもう、私がどうしてしまおうが残るであろう。

だが、一つだけ、私がやり残したことが。

私だけにしかどうにもできぬことがあると、やがて気づいた。

「何故、ミハエルは歌っているのだ」

ようやく思い出した。

何故、あの子の事を今の今まで忘れていたのだ。

腑抜けだ、私は。

何故、あの子はレクイエムなど歌っている。

「陛下」

「あの子は！　ロベルトが心の底から哀れに思い、我が宮廷に迎え入れた子は何故レクイエムなど歌っている！　答えよファウスト!!」

ファウスト・フォン・ポリドロは本来雄弁ではない。

時折、熱狂のままに言葉を吐き出すが、落ち着いたファウストはそうではない。

私はそのファウストがやがて、ポツリポツリと話し出す言葉を聞いた。

なるほど。

馬鹿が。
あのロベルトが、息子のように大事にしていたミハエルの死など望むものか。
私は、もはや自分の今後など忘れたように、王宮の庭へと飛び出して行った。
驚愕しながら私の後に続く、ファウストを連れて。

第84話　祝福されますように

自分の非才な身が、酷く憂鬱であった。

何もできなかったのだ。

何もだ。

ミハエル殿が、歌っている。

甘く蕩けるような、甘美で、官能的なソプラノで。

これが人生最後の曲であると、声高らかに歌っているのだ。

私が今回の事件において、与えられた立場は。

全ての、この事件解決に対しての見届け人である。

ポリドロ卿が仰ったのだ。

「ミハエル殿が、私の許可が下りるまで自害しないように。歌い続けるように。最後まで見張っていて欲しい」

そう私に言い含めた。

だから、私が最後にできるのは、ミハエル殿の歌を聞き続ける事である。

「聖なるかな、聖なるかな、聖なるかな」

ミハエル殿が、もはや狂うたように歌っている。

「世の罪を除き給う神羊」

ひたすらに歌っているのだ。

「彼等に永久に安息を与え給え」

これは、私への罰と言えるだろう。

今回の事件において、何も為し得なかった私への、罰だと理解していた。

ポリドロ卿のような深い思慮と、その発想に届かぬ、ヴェスパーマン家への罰。

これから死に行く、ミハエル殿の姿を眺めながら。

私はただ、この事件の終わりを待つのだ。

やがて——。

ひっそりと。

それでいて、ミハエル殿にははっきりと判るように。

リーゼンロッテ女王陛下とポリドロ卿が、ミハエル殿が歌うローズガーデンへと、姿を現した。

「ミハエル、死ぬつもりか」

「さようでございます。リーゼンロッテ女王陛下におかれましては、気を取り戻されたようで安心しました」

これで、何もかもが終わり。

ミハエル殿が、女王陛下の様子を眺め、その姿が安寧を迎えたと確信し。

その笑顔を迎えた時を以てして。

ミハエル殿の自裁が、確定したのだ。

今頃、放浪民族の座長は自裁をしているであろう。

もはや、どうでも良い話であるが。

「本当に――死ぬつもりか、ミハエル」

「そうなります。おさらばです、リーゼンロッテ女王陛下」

「ならば最後に一つ、小話を聞いていけ。ロベルトが生前、呟いた事についてだ」

あっさりと。

死を望んでいる、ミハエル殿の様子に気遣う事は無く。

あっさりとリーゼンロッテ女王陛下は、ロベルト様に関する一つの小話を口にした。

「私は以前、3人目の子が欲しくないかと。ロベルトに対して聞いたことがあった」

「ほう」

それはミハエル殿の興味を、少し惹いたようであった。

それがどのような話であれ、ミハエル殿は、ロベルト様の事であれば聞きたがったであろうが。

「もう、要らぬと言われたのだよ」

リーゼンロッテ女王陛下は、少し痩せ細った姿で。

幽玄のような、消極的な美に溢れた姿で、小さく、それでいて皆に聞こえるように呟いた。

「男の子が、一人欲しかった。だがミハエルがいるから、もう要らぬ、と」

「――」

ミハエル殿が、少しだけ肩を動かして反応し。

それでいて、拍子抜けしたような表情で、答えた。

「それだけでございますか？」

「それだけだ」

何故、死を迎える私に対して、そのような事を話すのか。

――その時のミハエル殿は、そういった疑問を抱えたようであった。

だが、どうという事も無いと。

ミハエル殿は、そう感じた様子で、口を開く。

「本当に、それだけの話でありますか？」

「それだけなのだ。お前が死を望んでいる事は、以前から知っている。死にたければ死ぬがよい。さらばだ、ミハエルよ」

女王陛下は、あっさりと、ミハエル殿の死を平然と口にするのだ。

酷く、冷たい人だ。

その時は、そう感じた。

「それだけであれば、おさらばです。リーゼンロッテ様、ポリドロ卿、そして、ヴェスパーマン卿」

　それに対し、ミハエル殿も同様に、酷く冷たく答えたと思う。

　ポリドロ卿は、酷く顔を苦渋に顰めていた。

　どうにも、その後の展開を読めていなかったようなのだ。

　ポリドロ卿は直情的ゆえに、人の心を時に激しく動かすであろう。

　だが、変じてそれは、策略などにはとうと向かぬ。

　そういったお人柄であるのだ。

　だが、ミハエル殿はそれを好んでいたのであろう。

「おさらばです。ポリドロ卿。最後に貴方に御会い出来て、私は幸せでありました」

　笑顔で、ポリドロ卿に言葉を投げかける。

　ポリドロ卿が、コクリと頷く。

　それに別れを告げ。

　ミハエル殿が、自らの心臓を突こうとする。

　ロベルト様から、子供の頃に与えられ、自らの母親を突き殺したというナイフであった。

　だが。

　私は少しだけ、空気というものが、今回の事件を通して、読めるようになったのだ。

　ミハエル殿は。

「――」

自らの心臓を、もはや貫く事ができない。

「――何故(なぜ)」

嗚呼(ああ)、そうだ。

呪っておられるのだ。

リーゼンロッテ女王陛下は、呪っておられるのだ。

「御慈悲をもて我を救い給え！」

悲鳴のような歌であった。

ミハエル殿が、レクイエムを歌う。

その歌声は、もはやソプラノではない。

男と女の声が相混ざった、全ての人なる悲鳴そのものであった。

「主よ、我祈禱(わがいのり)を聴き容(い)れ給え!!」

ミハエル殿は、神など信じていない。

上っ面の、信仰だけを張り付けていた。

それは自分に対し、民族差別や迫害などを許した神などではなく、もはや別なるものを信じていたからだ。

「御前に俯伏(ふふく)し灰の如(ごと)く砕かれたる心をもて、偏(ひとえ)に希(こいねが)い奉る」

たった一つの、自分を救い、自分の総(すべ)てを肯定してくれた。

たった一つの存在。

ロベルト様の存在を以てして、リーゼンロッテ女王陛下は、ミハエル殿を呪っておられた。

「嗚呼、我終遠を計い給え」

「――」

死ぬことなど、許さないという呪いである。

祈りの言葉を何度も口にし、その心臓にナイフを突き刺そうとも。

ミハエル殿は、自らの心臓に突き立てる事が出来ない。

悲鳴が上がった。

男の声でもなく、女の声でもなく、だが、それゆえに全ての人の心を掻き乱す言葉であった。

自分の心臓ではなく。

ミハエル殿は、リーゼンロッテ女王陛下に、手にしたナイフの刃先を向けた。

「貴女は！　貴女という人は!!」

ミハエル殿の悲鳴に対し、女王陛下は、何も言わずに無表情を返す事で告げた。

先ほど女王陛下は一言、たった一言を呟いただけで。

リーゼンロッテ女王陛下は、呪っておられたのだ。

ロベルト様の望みを断る事など、許さないと。

ロベルト様の愛息たるミハエル殿は、この先の人生に幸せを見つけるべきであり、自裁

することなど許さないと。

「女王陛下といえ、あのロベルト様の愛した女とて、許される事と許されない事がある!!　何故、あのような言葉を呟いた!!　私が、私があのロベルト様の息子であるなどと――」

「奇遇だな、ミハエル。私にも許せない事があるのだ。ああ、天地がひっくり返っても許されぬとも。あのロベルトの、お前への祈りを無視して。何もかも判らぬまま、お前への愛情を理解せぬまま、ロベルトの許へ行くなどと」

知ってしまった以上、自殺はできない。

ミハエル殿に対し。

リーゼンロッテ女王陛下は、静かに呪いの言葉を呟いたのだ。

お前は、お前が愛したロベルト様の愛息であると。

ミハエル殿は。

ミハエル殿は、自分の総てを肯定してくれた、自分の総てを愛してくれていた、と。

ロベルト様の息子であると認めた、その自身に対して。

その心臓に、ナイフを突き立てられないのだ。

ロベルト様ならば何があっても、その愛息の死など望まないと。

ミハエル殿は、それを理解してしまったのだ。

「貴女は嘘をついている！　ロベルト様が、そんな事を仰ったはずがあるまい！　私を死なせたくないなどと、身勝手な判断で嘘をついた!!」

悲鳴が続いている。

ミハエル殿の、何もかもを呪う悲鳴が続いていた。

自然、頬に涙が零(こぼ)れ落ちた。

ミハエル殿が、何をしたと言うのであろう。

死なせてやれと思うのだ。

この場を用意したポリドロ卿(きょう)でさえ、リーゼンロッテ女王陛下には何も言えなかったと思うのだ。

ミハエル殿は、何か悪いことをしたか？

この世に対する罪悪を働いたか？

被差別民たる放浪民族として生まれ、その放浪民族の旅団が手にする路銀を稼ぐために「要らぬ」と言われ睾丸(こうがん)を摘出され、女とも男とも判らぬ、酷(ひど)く甘い、官能的な声色に。

「たかがそれだけ」のために、その人生を奪われた人。

それを救ったロベルト様に、その復讐(ふくしゅう)を認められ、これからの生を肯定され、たった2年もしない内に喪(うしな)ってしまった男。

それも、自分と同じ民族の手によって。

地獄ではないか。

この世の地獄を生きてきたミハエル殿など、もう死なせてやれ。

リーゼンロッテ女王陛下でもなく、当然、この世の理屈を、空気を理解できなかった私などでもなく。

酷く、お優しいポリドロ卿ですらなく、当然、放浪民族など皆死んでしまえば良いと思っていたアンハルトの領邦民たち。

それですら、全てを知る人であれば、同じ慈悲を与えると思う。

それが、先ほどもミハエル殿が口にした。

その一句を諳(そら)んじる。

「……我終遠(わがおわり)を計い給(たま)え」

悲鳴そのものを、信じてもおらぬ神へと願った言葉なのだ。

死なせてやれ。

そう思う。

いや、願いすらしよう。

私は涙を一筋、頬に流した。

ミハエル殿の心など、今まで一度も考えた事すらないヴェスパーマン家の次女。

いや、かつて長女であった、あの気狂いザビーネですら、こう女王陛下に嘆願しよう。

もう、死なせてやれと。

「嘘などついていない」

「嘘だ！　貴女とて、この世に一人でもう生きたくもないから、その道連れを!!」

「私には、もうポリドロ卿がおる」

告白であった。

ポリドロ卿に対する、愛の告白であった。

私はそう感じたが、同時に理解もした。

それすら女王陛下は、ミハエル殿の死を食い止めるための呪いに利用しようとしていた。

ミハエル殿の奥底に眠る感情、激発を煽ろうとしていた。

「何度でも言おう。私にはポリドロ卿がいるのだ」

「ロベルト様は！」

怒りに満ちた声であった。

ミハエル殿は、それを発しながら、女王陛下に詰め寄ろうとする。

だが、出来ない。

あまりにも――。

「私の心の底には、ロベルトがずっといる。死ぬまでこのままであろう。いや、天国に行こうが、地獄に落ちようが、このままである。私は、ファウストに。ファウスト・フォン・ポリドロへの好意を抱いてなお、片時もロベルトの事など忘れた事はないのだ。愛欲すら、綯い交ぜにしておる」

あまりにも、リーゼンロッテ女王陛下は、全てを告白しておられた。

全てが本音であると、誰もが理解できる声であった。

「私は、ロベルトを愛した故に、お前に呪いの言葉を吐いている。どうしても、そうせざるを得ないのだ。お前は、ロベルトを愛していたか」

「貴女に、何が！」

「私は愛していた。何度でも言う。ずっと、このままだ。私はこの世の何もかもが憂鬱と感じていた少女時代に、ロベルトと会った。どうも他の侍童に馴染（なじ）まぬが。じゃあ嫌われているかと言うと、そうではない。その長身で筋骨隆々の容姿を馬鹿にされているかと思えば、その揶揄（やゆ）に本気で相槌（あいづち）を打って同意するような者が見つかろうものなら、さっきまで侮蔑の声を発していた者が激怒を始めると言う」

理不尽そのものの存在。

母親に聞けば、今考えてもよく判らぬが、素敵な人物であったという。

自分があの風貌を愛情混じりに揶揄するのは良いが、他人に言われると酷く腹が立つ。

そう人に思わせる人柄であったと。

「わけもわからぬ男であった。酷く、人間的魅力に溢（あふ）れた男であったのだ。ああ、そうだな。私はロベルトとファウストが似ているかと思ったが、やはり違うのだな。そう、違うのだ。それぞれに良いところはあれど、違う人間なのだ」

「――陛下」

「私は、どちらも愛する事にした。今までの人生も、これからの人生も、何もかもをそうする事にしたのだ。まあ、お前もそうしろとまでは言わぬよ」

語り。

リーゼンロッテ女王陛下が、その理念も、本音も、嘘も、ロベルト様への愛も、ポリドロ卿への愛も。

何もかもを綯い交ぜにした語りであった。

「言わぬが、お前も判っておろう。ロベルトは、お前の死など、何があろうとも望んでおらぬのだ」

「私は、もう、何もかもが、嫌に――」

「幸せになれ。ロベルトが、天国で望んでいる事は、たったの一つだけであるのだ」

魔法使いでない、それでいて、そこら辺の魔法使いなど束になっても敵わぬ。

神聖グステン帝国選帝侯、アンハルト女王としての存在の総て、慈愛の総てを込めた。

たった一つの呪い語りであるのだ。

「ミハエルが祝福されますように」

もはや死にたいと望むミハエル殿に対し、ロベルト様に対し、人生の総てを縁とした男に対し。

何もかもを失った男に対して。

「ロベルトは、それだけを望んでいるだろう」

「……何も残っていない」

悲鳴。

祝福の言葉が、その呪いが、何に通じよう。

生きたところで、今後何が得られるのかという悲鳴であった。

「私に、何が残って――」

「私は一つの決意をした。お前にだけは一つ、後で話そうと思うのだ。この場では、話さぬがな。その一つの決意を聞くが良い」

私とポリドロ卿。

その二人に目をやりながら、リーゼンロッテ女王陛下は微笑(ほほえ)んだ。

今まで、目にしたことの無いような、緩やかな微笑みであった。

「何もかもが。これ一つで、何もかもが救われるような気がするのだ。まあ。世間の誰にも理解できぬかもしれぬが。心待ちにしておれ」

二人に目をやった、と言いはしたが。

実際の所、私には少しばかり視線をくれただけであり、後はポリドロ卿に視線を固定している。

何もかも、さっぱりとしたような笑顔。

まあ、結論として。

リーゼンロッテ女王陛下は、この場を支配したのだ。

ポリドロ卿が密(ひそ)かに願っていたであろう、ミハエル殿の命を救う事。

ミハエル殿による死への嘆願を一時取り除く事。

私、ヴェスパーマン家が立会人として望んでいる、この事件の真なる解決を。

少なくとも一応において、リーゼンロッテ女王陛下は為(な)されたのだ。

ならば、私が何かを立会人として呟(つぶや)く事など許されぬ。

このまま、ミハエル殿が祝福されますように。

少しばかり空気が読めるようになったマリーナ・フォン・ヴェスパーマンとしてはただただ、それを望むのであった。

第85話 強く儚いものたち

花束を。
バラの花束を手に、王族の墓へと歩いていく。
きっと、呪われたものなのだ。
リーゼンロッテ女王陛下も、ミハエル殿も、きっと呪われてしまったのだ。
ロベルト様の深い愛に、呪われてしまったのだ。
だから、あの二人は未だに生きている。
女王陛下は、この世に少しばかり。
ミハエル殿は、何もかもに嫌気がさしながらも、生きている。

「ロベルト様にはお聞きしたい事がある」

墓前への道中にて、一人呟く。
あまりにも。
あまりにも、頭が良すぎる。
なるほど、今は我がポリドロ領にいるマルティナのように、この世界には頭脳明晰なる超人もいる。

レオナルド・ダ・ヴィンチのように、史実における万能の超人もいるであろう。

だが。

その感性は、どうにも。

この色々とちぐはぐで狂った世界においてすら、奇妙奇天烈なものである。

まるで、私のようにだ。

墓前に辿り着いた。

だから、尋ねよう。

墓から答えが返ってこない事は、理解しているが。


「貴方は同郷人だったのですか？」


同じ故郷という意味。

厳密には、それではない。

少なくとも行動では、日本人のそれとは違う。

最低限、前世にて「私が生きた時代」はそうではなかったのだ。

自助努力ままならぬ放浪民族への積極的格差是正措置を実施するなど、明らかに一般的日本人の行動力ではなかろう。

私ならば、放浪民族など完全に見捨てるし、領内に入って領民に何か悪さをやらかそうものならば即座に殺すのだ。

青い血としての騎士教育と、前世の日本人的道徳観が悪魔合体を果たした観念のそれ。

それを以てすら、救うなどと言う考えには至らないのだ。

私がこのちぐはぐな世界に転生したように、ロベルト様も転生していた可能性は決してゼロではない。


「……」


かつて、前世の史実における『女帝』は、放浪民族問題における最終的解決。

啓蒙思想がゆえの、近代化政策からくる人道的な定住化を選んだ。

それは、後世において一定層から否定されている。

当時の前世から見て、それが如何に人道的であったところで意味を為さない。

失敗という結果と、その方法において彼女は否定されているのだ。

文化の総てに理解を示さず、守らなかったと言う事で批判されるのだ。

当時の為政者や国家ができる限界や、その時代の価値観を考慮される事など無く。

あれが足りなかった。

これが足りなかった。

保護されるべき哀れな被差別民族に対して配慮が足りなかった。

そう批判をされる。

後世から批判されるのは『女帝』彼女自身の失敗というより、当時の自文化中心主義による啓蒙主義であり『女帝』は何も悪くない。

そう言う賢人もあろうが、私が前世で読んだ書籍に書かれるのは『女帝』はこんな酷い事をしたという批難のみである。


「後世の価値観では否定されるのです。貴方は。ロベルトという人物はその時代の誰もがやらなかったよりも、むしろ行動した事で批難を受けるのです」


知っていたと思うのだ。

もし、ロベルト様が私と同じ同郷人であるならば、それは知っていたと思うのだ。

知っていて、厳格なリアリストとして、為るべきと為らない事を知りながら努力した。

これは、仮定である。

仮定であるとする。

なれば、何を考えていたのか、この現世におけるファウスト・フォン・ポリドロなる身にはどうにも判らぬ。

母マリアンヌにより産み落とされる事により、この世における存在を許された。

この一人の辺境領主騎士には理解しかねる。

成功したところで、批判される事には変わりない。

ロベルト様は非情なリアリストという点だけを論われ、後世において酷く批判されるのだ。

それは浅学非才なる、この身にすら理解できている。

である以上は、私などよりも英明たるロベルト様ならば、完全に理解できていたと私は考える。

その覚悟ですら、何もかもを、自分が行動する全てにおいて捧げたと言うのか。

あれほどまでに、リーゼンロッテ女王陛下に愛されながら。

何もかもが判らぬ。

ロベルト様の為した、その行動原理が判らぬのだ。

その行動の結果として、死んでしまった。

ロベルト様は、自分が為した何もかもに裏切られた。

誰もがそう思うであろうが。


「……」

だが。

そう断じてしまうのには、どうにも無茶苦茶にロベルト様は「やり切った」感がある。

私は、リーゼンロッテ女王陛下は、ミハエル殿は、ヴェスパーマン卿は、この事件解決に対して自由に動けたか?

自由に動けたなら、ヴェスパーマン家がとうの昔に解決していたようにすら思えるのだ。

誰も彼もが、ロベルト様のご機嫌うかがいをしながらに、動いた感が残っている。

我々の行動は縛られていた気がするのだ。

何もかもが、ロベルト様の生前の行いのままに。

だからこそ同郷人たる私だけが、真実に辿り着けた。


「うん」


色々と考えはした、知らぬ。

ファウスト・フォン・ポリドロの、この身はそのような事を知らぬ。

散々、悩みはしたが、死人の声など耳には出来ぬ。

振り切ってしまおう。

何を考えたところで、ロベルト様が亡くなってしまった以上は真意などわからぬ。

花束を、墓前に捧げる。

「……」


結論として、このファウスト・フォン・ポリドロとしては、ロベルト様が判らぬ。

ロベルト様は、好き勝手に生き過ぎているのだ。

私には眩しすぎた。

数日前、ロベルト様の墓前に花束を供えることをリーゼンロッテ女王陛下に頼まれ、ここを訪れるまでに幾度も考えたのだが。

このまま考え続けると、気が狂ってしまう。

私がロベルト様に抱く、この感情は。

放浪民族の座長が、ロベルト様へ悪意を抱いた構図にも似ていた。

あまりに眩しすぎると、このような感覚を得るのか。


「あの麗しいリーゼンロッテ女王陛下を悲しませ、悩ませてでも、やるべき事だったたか？」


文句が口に出る。

知らぬ、と決めつけてしまいたいが、どうにも違和感があるのだ。

しっくりと来ない。

ロベルト様は、この真善美の全てを持っていた人間が、出会いさえすれば私すら心服せしめたであろう男が。

本当にやりたかったことは。

――リーゼンロッテ女王陛下の独白を、思い出す。

本当にやりたかったこと、それは。

もはやロベルト様の前世にすら全く関係ないことであり。


「ひょっとして貴方、どうしても嫁さんが後世で悪く言われるのが嫌だっただけとか？」


酷く、最初は可能性が低いと思えた事。

その結論が、ふと口に出た。

それだけ。

本当に、それだけ？

自分が表舞台に出たのは、放浪民族に対する施策は全て王配ロベルトが行った事だと世間に示すためで。

その成果を自分の手柄と誇りたいどころか、後世では批難されるであろうことを覚悟していて。

確かにそこに放浪民族に対する哀れみや、自分の持つ真善美からの制約は間違いなくあったろうが。

結局、世の中と、その時代にいる皆の全てを巻き込んで、無茶苦茶にやったのは。

何もかもが、自分の妻に対する愛であったと。


「いや、そう考えれば、少なくとも私は……」


顎に手をやる。

何もかもが、惚れた女のためと考えれば、自然としっくりきた。

誰が認めずとも、私だけには。

ロベルト様は惚れた女が意に沿わぬ、放浪民族に対する絶滅政策を行うなど好かぬであろうし。

後世において、批難される事も嫌であった。

それだけ。

そうなるくらいなら、自分がやった方がマシだというのが、彼の導き出した結論だったのではないか。

……無論、真実かどうかなど、判らぬ。

可能性は低いだろう。

私は前世において、妄想家であった。

思考が宙を舞っていると言われた。

だがまあ、ロベルト様ならば、このファウスト・フォン・ポリドロの思考なんぞはどうでも良いと仰るだろう。

「帰るか」


膝を叩く。

妄想を止めたくても、妄想が止まらぬ。

このアンハルト王配たるロベルト様には、ここ数日酷く悩まされるのだ。

貴方は何を考えていたのかという事に想いを馳せると、どうにも止まらなくなる。

だが、私はそろそろポリドロ領に帰らねばならぬ。

現実に戻るときが来たのだ。


「さようなら、ロベルト様。貴方が私にとって妄想上の人物そのままだとすれば――」


心服できたであろう。

騎士としての全てを捧げられたであろう。

まあ、ポリドロ領と言う領地と領民に縛られる辺境領主騎士の身の上を前提に置いた上であるがね。

くすり、と笑う。

ともあれ、何を言えども、まあ貴方の事は嫌いになりきれなかった。

ファウスト・フォン・ポリドロは、結論としてあるそれだけを置いて、その場を去る事にした。

※

何言っているのだババア。

そう思う。

「あの、もう一度言ってくださいますか？」

「まあ、何度でも構わんが。聞こえてなかったのか？」

「私は最近色々な事が有り過ぎて、その疲れからきたものと自分の耳を疑っているのです」

アンハルト宮殿、女王陛下の居室。

ポリドロ卿が、その王家の墓前に出向いている間、私ミハエルとリーゼンロッテ女王陛下は会話をしている。

あの時、あの僅かに月が欠けた夜に。

リーゼンロッテ女王陛下は仰った。

私は一つの決意をした――と。

その決意が知りたかった。

これ一つで、何もかもが救われるという、その考えが知りたかった。

だから、尋ねた。

それの返答が、今リーゼンロッテ女王陛下が吐く言葉である。


「私はファウスト・フォン・ポリドロの子を孕(はら)もうと思うのだ」


何言っているのだババア。

頭イカれてるんではないのか？

それを口にしなかったのは、まだ私ミハエルに理性が残っている証左であった。


「リーゼンロッテ女王陛下、失礼ですが、御歳(おとし)は……」

「32歳で二人の娘を産んだ経産婦である。何の問題も無いと思うが」

「いえ、それは確かに仰る通りなのですが」

なるほど、年齢を思わず口にしてしまったが、まだ子を産める歳である。

何の問題も無い。

少し、言葉を誤った。

私が口にしたいのは、そも産める産めないの問題が論点ではない。

「32歳の酸いも甘いも噛み分けた女王陛下が、何を色に血迷っておられるのですか」

「血迷ってない。これはよくよく考えた事である」

ふんす。

そう、鼻息荒げに、顔を紅潮させながら、リーゼンロッテ女王陛下は陶酔した顔で呟く。

冷静にさせねばならない。

「あのですね、リーゼンロッテ女王陛下。第三子を産んでも王位継承権の問題がありますよ」

「その頃にはアナスタシアに王位を譲っておるし、あの子も妹を虐める趣味は無い。第三子に適当な貴族位を与える事ぐらいは許してくれよう。私が王位を譲渡後も残る権力をもってすれば、子の無い家という養子先を見つけることも簡単である」

「うーん」

言いたいことが色々とある。

それは32歳のリーゼンロッテ女王陛下が、22歳にして娘の婚約者であるポリドロ卿に血迷っていることであり、王位継承権の問題であり、このミハエルにとって何よりの問題は。

「陛下、私を説得する際に天国に行こうが、地獄に落ちようが、ロベルト様を愛していると仰いましたよね」

「言った。同時に、ポリドロ卿を愛している事も告白したぞ。愛欲を綯い交ぜにしておる。私は思うのだよ」

握り拳。

小剣程度ならば、その膂力でへし曲げる事すら出来ると言う狂戦士の血を引き継ぐ超人たる、その手で握り拳を作って目の前に突き出す。

閉塞した社会へのパンチであった。

「ロベルトとファウストを、自室の寝室で同時に抱ければ最高であったな、と。もう、その妄想だけでパンが3人分は美味しく食べられる」

どうしようもねえな、このババア。

私は思わず顔を手で覆った。

なるほど、男の数が極端に少ない世、男一人を多数で共有することが珍しくないとはいえ、逆に女一人で男を数人囲う権力者がいないわけではない。

だが目の前の32歳未亡人は、色欲で完全に目が曇っているとさえ思えた。

とはいえ、目の前の人物は腐っても神聖グステン帝国選帝侯にしてアンハルト女王。

何が性質が悪いかというと、このババアはババアなりに、愛欲の結果で産まれる事となる子の世渡りも色々考えているであろうということであった。

だが、ババアよ。


「陛下。そもそもポリドロ卿はどう考えておられるのです。あの生真面目で朴訥なポリドロ卿が、リーゼンロッテ女王陛下のそのような誘いに応じるとはとても――」

「マリーナがなあ、あの小娘が気に食わなかった。たまにファウストに対して酷く嫌らしい、好色な目を向けよる。そもそも娘とどっちつかずの蝙蝠女郎は好かぬ。腹が立っていたので、事件も解決した事だし、ローズガーデンで半殺しにした。腕の二・三本でもへし折ろうと思ってな」


ロベルト様の遺したローズガーデンで、ヴェスパーマン卿に私刑をするのは止めて欲しい。

　卿の事はどうでもいいが、バラが傷ついたらどうする。

　そんな事を考えながら、何故そのどうでもいいヴェスパーマン卿の話になったのかと訝し気に思う。

「そしたらあの小娘、腕をへし折ろうとした際の痛みに耐えかねて口を割りおった。まさか、まさか。あのポリドロ卿がなあ。純潔を保ちながら、そんなにも性への興味があったとは」


　ババアの表情が淫靡に歪んだ。

　ヴェスパーマン卿が何を口から吐いたのかは知らぬ。

　痛いよ、ザビ姉、痛いよと泣き叫びながら折れた腕を抱えて宮殿を歩いており、彼女の実姉にして第二王女親衛隊長のザビーネ殿が致命的なミスをやらかしたアホを見る表情で、それに付き添っていた理由。

　まあその原因は知ることが出来たが。

　ヴェスパーマン卿がポリドロ卿について、何を吐き出したのかは知らぬ。

　だがまあ、脅迫するなり、懐柔するなり、泣き落とすなり、何らかの手段でポリドロ卿を落とす算段を、目の前のババアは付けたのであろう。

で、だ。

「結局、これ一つで、何もかもが救われるというリーゼンロッテ女王陛下の御言葉。あれは何だったのですか？」

大きなため息をつく。
私はロベルト様の愛息であるという、その呪いのような祝福のような言葉で、もはや死ねなくなった。
だから、関係ないと言えば関係ないのだが。
それはそれとして、あの言葉は気になった。
リーゼンロッテ女王陛下が微笑む。

「お前の妹――可能性は少ないが、弟を産もうと考えるのだ。もし私の望みが叶ったなら、兄として可愛がってやってくれないか？　アナスタシアは王位を継ぐもの、ヴァリエールはそのスペアとして育ててしまったから、お前と特別親しくもなかったが。これから産む子供は少し違う生き方になると思うのだ」

その微笑みの次に吐き出された言葉には、少しばかり思うところがあり。

子を作れぬ私には、少しばかり悲しくて。

それでいて、リーゼンロッテ女王陛下は、私ミハエルを息子も同然と認める発言をしており。

もし自分に妹や弟ができたなら、と妄想をすると。

それは、もはや無視が出来ない程に、あまりにも魅力的な言葉であった。

第86話　ラインの見極め

アホの妹が、マリーナが痛みで喚いている。

「痛いよ、ザビ姉、痛いよ」

結局、もう鴨を盗む以外では帰る気もなかった実家にいる。

ヴェスパーマン家の従士達へ愚かなる妹マリーナを引き渡し、あの愛おしい第二王女親衛隊という仲間たちが住む寮へと帰ろうとしたのだが。

かつて母と呼んだ人物に引き留められ、私が昔使っていた居室、今はマリーナの部屋である部屋に腰かけている。

ああ、もう。

「五月蝿い！　鬱陶しい！　そのまま死ね！　泣き言を口にするな!!」

「なんで、ザビ姉見捨てたの!?　なんでザビ姉、私と話してたのに、女王陛下が近づいてきた瞬間走って逃げたの!?」

「そんなもん逃げないお前が馬鹿なんだよ！　この馬鹿！　お前の方こそ何で逃げなかったの!?」

リーゼンロッテ女王陛下が、普段から鉄面皮で知られるリーゼンロッテ女王陛下が、かつてないほどにニッコニコした顔でこちらに歩いてきたのだぞ。

そんなもん、誰だって逃げるわ！

空気が多少読めるようになったかと思えば、危険察知はまだ出来んのか馬鹿！

いや、どうせ逃げても先になるか後になるかだけで、マリーナの運命は変わらなかっただろうけれど。

「事件が終わったから。ヴェスパーマン家は何かの役に立てたとは言い難いけど、ザビ姉にも母ちゃんにも何があったかは言えないけど、とりあえずは終わったから。ご苦労であったの一言くらい頂けると……」

「知らないよ。何か気に食わない事したんでしょ。何か」

多分、ポリドロ卿をイヤらしい目で見たか何かしたのだろう。

私もそちら方面の話では、ヴァリ様に「どうやってザビーネは今までその性癖と性格で生きてこれたの？」とよく聞かれる。

返事はいつも同じだ。

「ギリギリのラインさえ見据えていれば、後はなんとでもなります」である。

許されるラインと許されないラインがあり、マリーナはリーゼンロッテ女王陛下にとっての許されないラインを踏んだのだ。

嗚呼（ああ）、家に帰りたい。

こんな実家ではなく、第二王女親衛隊の寮へだ。

金を奪った以上、もはやヴェスパーマン家は定期的に私に鴨を盗み取られる以外の価値は無いのだ。

家が潰れようがどうしようが、知った事ではないのだ。

鴨の供給元が一つ無くなるだけである。

「結局、ローズガーデンに連れ込まれて、散々に全身を殴る蹴るされた挙げ句、お前何隠してるか吐け、お前何隠してるか吐けって首を絞められて。腕を人体が曲がらない方向に曲げられて」

「そのまま折られた、と」

いっそ、そのまま殺されてしまえば良かったのに。

とにかく、帰りたい。

このザビーネ・フォン・ヴェスパーマンは、産まれて来た時から、このヴェスパーマン家に馴染(なじ)まぬ。

どうも、如何(いかん)せん暗部としての雰囲気をもつ、この家が嫌いであった。

特に良くないのが、没落の匂いを感じさせるのだ。

妹であるマリーナからではない。

むしろ、妹はアホであるが、何だかんだ言って生来の明るさは家の道行きを照らすとすら思えた。

アホであり、温(ぬる)くあり、空気は読めない。

だが、スペックはそう悪くないし、本当に無能ならアナスタシア第一王女殿下が今頃切り捨てている。

良くないのは、むしろ母親である。

私は母親が反吐が出るほど、大嫌いだ。

ポリドロ卿はこのような肉親への嫌悪に悲しい思いをするであろうから、あまり口にはしないようにするのだが。

もう大嫌いで大嫌いで仕方ないのだ。

「ザビーネ」

幽玄のような――いや、私と同じく美しい金髪、その長い髪を肩に流しているものの。

正直、年齢に見合わず、酷く老け込んでいると言っていい。

それは勿論、このザビーネの振る舞いにも原因がある事は知っていた。

だが、関係ない。

産まれつき、どうにもこの「お前がどうなろうが知るか」という感覚は消えない。

このザビーネにとっては、我が主人であるヴァリ様と、同僚である第二王女親衛隊と、ポリドロ卿。

それだけに優先的価値があり、それ以外はどうでもよかった。

マリーナは嫌いではなかったが、今回の失態を考えると、殊更にどうでも良くなってきた。

まだ第二王女親衛隊の寮近くを住み処にしている猫の方が可愛い。

猫は良い。

ポリドロ卿だって、猫に出くわした時は「こんにちは」と優しく挨拶していると聞く。

猫と挨拶するのは良い事だ。

朴訥な癖に猫に出会った時はちゃんと挨拶する、そんなポリドロ卿は酷く愛おしいと思うのだ。

思考はなんかもうボロボロの母親ではなく、猫とポリドロ卿の事にすり替わっていたが。

「返事をしなさい。ザビーネ」

擦り切れたような声で呟く、母親の声がそれを邪魔する。

ああ、やはりマリーナを家の玄関前に投げ捨てて、ダッシュで逃げるべきであった。

このザビーネの危険察知能力は、明らかにその声の続きを聞く事を拒否している。

今からでも遅くない――いや、駄目だ。

ドアの前は、おそらく従者が塞いでいる。

私の剣における実力で、話も聞かずに逃げだす事は不可能であった。

厳密にいえば、第二王女親衛隊長としての礼儀に反した。

舌打ち。

大きく音を発したそれに、母親は何一つ動じずに応じた。

これでも諜報統括、アンハルト王家の暗部であるのだ。

無表情で女の股座をこじ開けて、熱した鉄串を突っ込める人間であった。

「ポリドロ卿と親しいそうね」

「それが？」

何が言いたい。

いや、大体は読める。

「貴女なら、私の言いたいことが判るでしょう」

「これから先、王家全ての寵愛を受けているファウスト・フォン・ポリドロ卿の立場は法衣貴族にとって重要でしょうね。それが？」

あの淫乱の純潔にして、普段は朴訥で、だが自分の矜持に触れると烈火のように直情的であるポリドロ卿。

王家は誰もが、あの太陽に心を焼かれてしまっている。

もちろん、私もだ。

「寵愛が欲しい。ポリドロ卿による後ろ盾が欲しいのです」

「知らない。ヴェスパーマン家の地位を守りたければ、あの子を、弟を有力領主の夫にでも送れ」

私とポリドロ卿の邪魔をするのであれば、母親の顔面にナイフを突き立てる事は容易であった。

「それが難しくなりました。貴族は協力関係を維持する事によって息を長らえる。お互いの名誉と利益を守る事で立場を守るのだ。だが、その関係が連座という二文字を匂わせるようになっては」

「私から見たヴェスパーマン家はそこまで追い込まれていない。連座だと？」

「当主はマリーナです。なるほど、私はもはや当主ではないので、何があったかは知らぬし聞きません。だが、マリーナがリーゼンロッテ女王陛下に腕を折られて帰ってきた。これは傍から見て良くないのです」

知った事ではない。

なるほど、確かに、傍から見た今回の事件は良くない。

だが、アナスタシア第一王女殿下への王位譲渡の日は近い。

後2年かかるかどうかだ。

それぐらい、何とでもなるだろう。

ヴェスパーマン家は王家の中枢に食い込んでいる上位貴族である。

「できればマリーナに、ポリドロ卿との子が欲しい」

「お前、狂ったか？」

馬鹿を言え。

「危機は乗り越えました。マリーナは当主としてやるべきことを行いました。今回は危ういところだったのです。リーゼンロッテ女王陛下が本当にヴェスパーマン家など潰してしまえ！　と思うギリギリのところで、ポリドロ卿指揮下の事件調査に参加できたのです」

「そうだね」

気の無い返事を行う。

「事件は終わりました。その場所に、私のような年老いた人間には何が結末であったかなど、よく判りません。ですが、その事件にヴェスパーマン家は居合わせたのです。これは何よりの事でした。居合わせなければ——あの女王陛下や、御側付き(おそばづき)の実務官僚であれば、我が家の役目を挿(す)げ替える事すら考慮したかもしれません」

「考えすぎだと思うけどね」

ああ、老いぼれたな、コイツ。

危機に対し、怯懦(きょうだ)になりすぎているのだ。

御家(おいえ)大事の馬鹿が。

なるほど、家は大事だ。

私に子が生まれれば、そりゃあ家を守って欲しいと思ってしまう。

だが、それに固執している人生など反吐が出るね。

子の側だって、家が本当に邪魔ならば捨てて自由に生きて欲しいと望んでしまう。

結局、この私、ザビーネ・フォン・ヴェスパーマンはこの貴族社会において異物なのだ。

もっと、開明的な、明るい時代に産まれたかったものだね。

そう思える。

「ヴェスパーマン家にとって、大事な事は何か。今回僅かに繋(つな)いだ、ポリドロ卿との縁です。ポリドロ卿は、第二王女ヴァリエール様の婚約者。やがてはアナスタシア第一王女やアスターテ公爵の子における、父親ともなるでしょう」

　そこには、私の男と言う未来も加わるがね。

　それは口に出さず、話を続けさせる。

「ポリドロ卿の血が欲しい。そうすれば、ヴェスパーマン家が滅びることは無い。たとえ将来、家がお取り潰しになる危機に遭ってでも、一度は許される事でしょう」

「知らないね」

　交渉は決裂だ。

　もはや、話を聞く必要はない。

　私は椅子から立ち上がる。

　話だけは聞いてやったのが、最後の恩情だ。

「……マリーナの子でなくてもよい。ポリドロ卿と貴女が親しいのは知っている。貴女の子を、養子としてヴェスパーマン家の未来の当主に迎えても」

「ブチ殺すぞババア！　だからテメエの事が吐き気がするほど大嫌いなんだよ!!　御家大事過ぎて、盲目に成り果てた無能が!!」

　怒りが喉から迸った。

　――ミスだ。

　自分は失敗をした。

　ドアが開き、従者が現れる。

だが、第二王女親衛隊にして、ポリドロ卿と親しい私に手を出すことはできない。

ましてて、私の口利きで、ポリドロ卿との縁を結んだ後であった。

許されるライン。

にやりと笑う。

この連中は、私に指一本触れられないのだ。

そうだ、この線だ。

許されるラインと許されないラインがあり、その線を越えなければ何事も、どうということはない。

そのラインを、今までの人生で私は見極めて来たのだ。

ベッドの上でビックリしているが、よく見届けるが良いよ、マリーナ。

「……貴女が、自分の子の行き先に感情的になるくらいに。その程度には、人に優しくあれば。血の涙を流しながら、人を刺すというヴェスパーマン家の理想ではなく。何の感情も無しに、何の痛苦も感じずに、下っ端の暗殺者のような、生まれつきの物狂いでなければ。貴女がヴェスパーマン家の当主だったのに」

涙を流して泣き言をほざく、目の前の生き物。

知らないね。

もはや、お前は私を産んだ母親だとすら、先ほどの発言で認めないよ。

私は今後、酒と狂乱の神たるバッカスの血迷いか何かで生まれた者であると名乗る事にするよ。

「泣き言は私が去った後でほざけ！　ハッキリ言っておく。私が今後、ポリドロ卿と仲立ちをする事は無い。いくら金を貰ってもだ。マリーナが、一応はポリドロ卿と細い縁を繋いだんだ。それを大事にするんだな」

さすがに、そこから先までは手が出せない。

第二王女親衛隊長として、上級法衣貴族のヴェスパーマン家と本格的に事を構えるのは不味い。

ヴァリ様に迷惑がかかる。

それに、ポリドロ卿の代理人面をするのも、さすがに不味い。

ポリドロ卿にだけは嫌われたくない。

私は、あの男に嫌われたらと思うと、それだけで胸の何処かが悲しくなるのだ。

この感情は何なのだろう。

理解不能であった。

なるほど、私は目の前の生き物がほざいたように、産まれついての物狂いなのだろう。

だが、物狂いとて、大事なものがある。

それはヴァリエール様であり、第二王女親衛隊であり、ポリドロ卿であった。

それだけが全て。

それだけが全てだ。

私は一度、自分のミスによって、ラインの見間違いによって、ハンナと言う親友を失ったのだ。

あの時の自分の無能を考えると、気が狂いそうになる。

もう二度と、私は越えてはいけないラインを見間違えることは無いのだ。

見届けよ、マリーナ。

私は、もうお前とすら、関わらないのだよ。

関われないいんだよ。

二度と、ザビ姉と呼ばれても応じぬ。

その現実を知れ。

「ヴェスパーマン家は二度と私に関わるな！」

おそらく、目の前の生き物に限っては、もはや最後となる台詞(せりふ)。

それを吐き捨てた後、従者を押しのけて、立ち去る。

帰り際に、厩舎(きゅうしゃ)に立ち寄る。

昔可愛(かわい)がっていた愛馬の顔を少し撫(な)で、お前が猫なら連れて行けたのになあ、と愚痴る。

今ではマリーナの物だ。

さすがに、もう持ち去るわけにはいかない。

越えてはいけないラインであった。

私の目的は、そこにない。

厩舎横には、鴨が数十匹飼われている肥育小屋があるのだ。

私はその鴨を数匹殺して腰にぶら下げ、ヴェスパーマン家を立ち去る事にした。

それは、私にとっては越えてよいラインである。

なるほど、私の行動がおかしいのは、第二王女親衛隊の行動からも理解する事は出来た。

だが、どうしても理解できない事がある。

身内の腹を満たすために、他人から物を奪って何が悪いのか。

それを否定する言葉だけが、どうにもザビーネ・フォン・ヴェスパーマンには理解できなかった。

外伝　銀をくれてやる

どうして。
敗北した以上、そう口にしても意味が無いことは分かっている。
我が国家はおそらく滅ぼされるのであろうと思う。
未だ国号も決まらぬ国に、トクトア・カアンという人物に。
我がパールサという国家が滅ぼされる結末は避けられないだろう。
それは予見できている。
私が知る限り、最初から戦力差は明らかであったからだ。
いかに遠い国とはいえ、世界がどうなっているのかくらいわかる。
敵国の強力な兵力、高い機動力、防衛側にとっては致命的なまでに高い遠征能力。
我が国がそんなことも把握できないほどには、愚かでは無いのだ。
だから、何よりも慎重に外交使節を出迎えたつもりであるのに！
礼を尽くして、この総督が自ら腰を折り曲げて、媚びさえも売るつもりであったのに。
嗚呼、相手には最初から交渉するつもりなどは無かったのだろうさ！
「ちゃんと連れてきたか？　総督本人で間違いないな？」
頭上から声が降りかかった。

地面の絨毯に顔を押しつけられている。

それでも、横顔を傾けて視線を上に上げれば、声の相手の姿だけは窺えた。

若くは無い。

なれど、老いを感じさせるようにも見えなかった。

肌には張りがあり、今まさに全盛期の戦士であるという風貌を保っている。

私は状況から、それが何者かを知れたし。

そして、こう叫ばねばならなかった。

「お慈悲を！　トクトア・カアン!!」

頭では色々な事を計算している。

もはや勝負は決まっている。

私を殺そうとする深い意味は無いのだろう。

逆に、私の命を助けてやる意味もないだろうと。

私とて無能では無く、戦争が避けられないと明らかになってからは抵抗をした。

都市を包囲されても、何か月もあの強力無比な遊牧騎馬民族に対して都市を守り切ったのだ。

命が助かる可能性は薄いだろう。

なれど、できるだけ、哀れに嘆願を口にしなければならなかった。

死んでしまえば、本当に何もかもがお終いだ。

復讐の機会も無ければ、逃げ落ちることさえも出来ぬ。

「ふむ。慈悲を請うか」

愉快そうでも無く、かといって怒っているわけでも無い。

ただ事実を確認するように、彼女は。

トクトア・カアンは頷いた。

「お前は見事に抵抗した。強かったよ。見事な戦士であり、指揮官であった。正直、ここまで手こずるとは思ってもみなかった」

ぱちぱち、と手を叩いた。

赤子が初めて立ち上がり、ゆっくりと歩き出したばかりの児戯を拍手するかのように。

よくやった、よくやったと口に出して褒める。

「私の軍にも被害が出た。弱い者が死に、強い者が生き残り、軍はより精強になったがな。さて、その礼と言っては何だが、最後の泣き言ぐらいは聞いてやろう。せいぜい慈悲を請え。何が言いたい？」

馬鹿にするような口調で、それでいて完全に嘲るわけでも無く。

トクトアは続きを促した。

「そもそもが、全ては誤解なのです。私たちは貴女様に刃向かうつもりなど欠片もありませんでした。むしろ服従をするつもりであったのです！　手向かいしたのは、本意ではありませんでした」

「私の名前で送り出した外交使節団を虐殺し、その積み荷を街で売り払っておいて？」

「私のやったことではありません！　命令を出したつもりも無い!!」

そうだ。

媚びを売るどころか、何故か私は彼女が送り出した外交使節を襲ったことになっている。

それどころか虐殺して、挑発するように街で積み荷を売り払ったことになっているのだ。

誰がそんなことをするものか！

最初から戦争する気でも無ければ、少なくとも敗北必至の未来が見えていた私が。

そんなことするわけなかろうが！

「信用できないな」

彼女が肩をすくめた。

その瞬間に、今まで頭によぎっていた疑念を確信した。

私は躊躇いぎみに、それを口にした。

「――貴女がやったことだ。全て、何もかも、貴女がやったことではないか！」

そうだ。

それしかないではないか。

犯人など、ただの一人しかいないのだ。

「ほう」

トクトアが、少しだけ興味深げに声を発した。

私は、一度口を閉じたが。

「続けよ。その舌が回る間だけは生存を保証してやる」

促され、もう一度口を開く。

ごくりと、唾を飲み込んで、嗄れた喉を僅かに湿らせ無理矢理に動かす。

「……世間では、この総督の行動を。やれ外交使節団がその実トクトア・カアンからのスパイであると見切って逮捕しただのと、あるいは交易のために出向いた使節団の財貨に目が眩んだだのと、好き放題言っていたが、私は少なくともどちらでもない。国家の命令でも断じてない」

考えろ。

私が考える正解は、おそらく事実を口にすることだ。

そうすれば、生き延びられるかもしれない。

「スパイであろうとどうでもよい。貴女とパールサが争ったところで、勝敗などは明らかである。私は最初から抵抗は出来れども、敗北は明らかであると見切っていた。ゆえに、最初からどう服従するかにしか正解を見いだしていなかった。財貨に目がくらんで奪った？　この私は金になど困っておらぬ。まして、国家の命令になど従ってはおらぬ。最初から私は負けるから争うべきでは無いと王朝に進言さえしていた!!」

「では、何故外交使節団は襲われた？」

「貴女がやったんだ!!」

生存は無理でも。

最低でも、殺される前に叫べば、憂さを晴らすことくらいは出来た。

彼女の非道を訴えられた。

「貴国の内情くらいは調べている。パールサの商人は、今では貴国の民と、財務官僚になって大もうけをしている者達は、祖国であるパールサとは友好による交易路の保護と拡張で儲けることを考えていたのだろう。その報告は私も聞いた。それで済めばよいと、私も考えた」

「それで？」

興味深げな声。

トクトアは続きを促すように、優しい声を私に投げかけている。

「貴女はこう考えたはずだ。『ふざけるなよ』と。たったそれだけを考えた。貴女の国家がなにをするか、トクトア・カアンが何をするかは誰かに指図される者では無いと。なのに、指図をした。自分達が飼っている犬のように『命令』がごとき進言をした。彼女達は貴女の怒りを買った」

「続けろ」

ちゃぷり、と液体の揺れる音が聞こえた。

彼女が胃袋で出来たような水筒で、喉を潤している。

中に入っている液体が何か知らぬが、おそらくは酒、どうでもよい。

私は言葉を続けねばならぬ。

「貴女は、祖国パールサへの侵攻に反対した実務官僚や商人を、使節団と隊商として送り込み、貴女が潜り込ませた工作員に殺させることにした。私に罪を擦り付け、その名前で隊商が抱えていた積み荷を街で売り飛ばしたのだ。それだけが真実だ」

「ふむ」

トクトアは、感慨深げに頷いて。

また赤子の歩行を褒めるように、ぱちぱちと手を叩いた。

「よくぞ気づいた。その通りだ。私を舐めた人間は死ななければならない。私を指図できると考えた人間は死ななければならない。世の条理だ。あの連中は、確実に死ななければならなかった。そして、お前は最初から私に服従することしか考えていなかった。つまり、お前はただ巻き込まれただけだな」

そう口にした。

私の背筋には冷や汗が伝っている。

やがて、沈黙が訪れる。

トクトアが何を考えているのかは、さっぱり分からなかった。

私にとっては緊張した時間が、トクトアにとっては昼下がりのような気怠い時間が流れているようであった。

やがて、彼女は自分の首にかけている首飾りに手をやった。

それは純銀のネックレスであった。

彼女は、セオラは自分の首にかけているネックレスを外した。

「この銀をお前にくれてやろう」

正解した事への褒美のつもりか？

だが、こんなおぞましい化け物から助かったのは冥加である。

貴様になんぞ感謝はしないが、それを旅費にして、大きな戦が巻き起こっているパールサから離れれば良い。

もうこの国は滅ぶのだから。

「くれてやれ」

彼女の護衛が、こくりと頷いた。

裏切り者の側のパールサ人である。

彼女達は何故か、トクトアからネックレスを受け取って、どこかに運ぼうとした。

一体、何を？

私にくれるはずでは無いのか？

そう不思議に思うと、近くに用意された釜に火が投じられた。

よく熱された釜の上には鉄の柄杓（ひしゃく）があり、そこに銀のネックレスが投じられる。

「おい」

まさか。

何をしようとしているのだ。

「パールサの総督は交渉と友好を結ぼうとした——全く慈悲深さ極まりないトクトア・カアンに対して悪逆非道な暴力で応えた。そして、因果が国を滅ぼした。そういうことになってしまうだろうな。私は好きでは無い結末だが」

どうでもよさげに。

その口にした表向きの理由が真実であっても、私が口にした叫びが真実であっても。

世界に刻まれる歴史的にはどちらでもよいのだろう。

どちらでもよさそうに、彼女はネックレスが融解しているのを見ている。

「舐められるのは嫌いだ。だから、私に指図をした人間は殺すことにしている。その祖国であるパールサも滅ぼすことにする。それだけなのだよ。だが、まあお前が死ぬ理由を少しだけ考えたが」

私を舐めているわけでも無い、最初から服従しようとした。

愚かなわけでも無い、君は真実の全てを言い分けた。

私の思考を読んだ。

「お前はこの先を生きるには、少し賢すぎたな」

銀が溶けきった。

同じパールサ人の裏切り者どもが、トクトアの部下が、悲鳴を上げて暴れる私を押さえつけている。

拘束着を着せられ、床に転がされた。

「どうか――どうかお慈悲を！　せめて、もっと名誉ある殺し方を!!」

「私の娘なら、セオラなら有能な君を許したのだろうがな。あの間抜けな娘ほど、私は優しくないのだよ」

トクトアは、私をじっと見つめた。

アリの巣に、大量の水を投げ込むような表情であった。

やがて私の、私の目と耳に。

――どろどろの湯の如く煮えたぎって、溶けた銀が流し込まれた。

人生で今まで一度も上げたことのない絶叫と共に、私の意識は闇と、そして。

銀に溶かされきってしまったのだ。

外伝　ヴァリエールのドサ回り

ドサ回りである。

アンハルト王国中を親衛隊の一部と共に馬で駆けまわっての、地方領主への挨拶である。

そこがどんな辺境であろうと、アンハルト国中を駆け回って挨拶に行くのだ。

これをドサ回りと言わずして、何と呼ぶべきであろうか。

アンハルト王族における使えない次女としての地方巡業である。

「どうして私がこんなことを……いや、いいのよ？　理由は理解はしているのよ。疑問は残っているけれど」

理由は単純である。

母であるリーゼンロッテは政務があるため王都から離れるわけにはいかぬ、
姉であるアナスタシアは忙しく、古めかしい移動宮廷を行うわけにはいかない。

アスターテ公爵とともに軍の再編という重大事項に望んでいるわけであって、そちらが優先だ。

では手隙のある王族は何処か？

当然、このヴァリエールとなる。

だから現状には納得していた。

私に与えられた任務は王族の仕事であり、義務であるからだ。

ロイヤル・デューティを忘れたつもりはない。

軍役以外では全く王家に関わろうとしないアンハルト領邦内の各地において、代替わり以外では顔すら見せない偏屈な封建領主達へのドサ回りを行う事には納得しているのだ。

どちらかと言えば、問題は——

「これよりアンハルト王族として受任式を行います」

頑迷にして偏屈な封建領主達との交渉が難航しているというわけではない。

むしろ逆だ。

アンハルト王族がわざわざ古めかしい移動宮廷を行ってまで、自分の領地に訪れたということで歓迎を受けた。

連れてきた親衛隊などは、大げさにそれを喜んでくれている。

私は王家においてほぼ権限のない無能呼ばわりの次女なのだけれどね。

それでも、アンハルト選帝侯の関係者という面子は大きかったらしい。

選帝侯家がわざわざ自分に気を遣って膝元まで訪れたと、領地領民に対する名誉を保ってくれるからだ。

そう感激してくれる分には私にも不満はない。

そうだ。

だから、これは良い。

繰り返すが、問題はだ。

「本日より騎士として忠誠、公正、勇気、武勇、慈愛、寛容、礼節、奉仕の八道を守ることを誓います」

「よろしい、これを以てヴァリエール・フォン・アンハルトの名において貴卿がアンハルト王家の騎士になったことを認める」

跪いているまだ14歳を迎えたばかりの、地方領主の三女。

彼女の肩を剣で叩いて、臣従儀礼を済ませる。

これより、眼前の者はアンハルト選帝侯家の法衣貴族となった。

年給も確かに支払われることになる。

「有り難うございます。心からの感謝を殿下に」

無事に臣従儀礼を済ませたところで、感激が極まったのか彼女の母である地方領主が涙目で駆け寄ってくる。

跪き、私に握手を求めてきた。

私は力強く手を両手にて包み込むように握り返し、それに応える。

「これで軍役に応え、遊牧民族に対する指揮権をアンハルト王家に与えてくれる？」

「もちろんでございます。これ以上に何を望めることがありましょうか！」

地方領主が笑顔で応えた。

同時に長女、次女も同じように微笑んでいる。

羨ましいことに、どうやらこの卿は家族仲が良いらしい。

我がアンハルト王家とは大違いだ。

「長女は我が後を継ぎ、次女にもなんとか分け与える城はあったものの、優秀に育ちながら与えられる土地もない三女の人生ばかりが気がかりでありました。王宮に上がり、一代騎士とはいえ法衣貴族となれるなら申し分ありません」

「アンハルト王家は卿の、貴女の誠実と忠誠に応えるわ。今までも、これからもずっとよ」

これだ。

臣従令というのが問題なのだ。

いくら歓迎してくれるとはいえ、やはり軍役だけでなく一時の指揮権譲渡というには難を示す領主も多かった。

何か、取り引きを。

御恩と奉公。

吝嗇家の主君に部下は仕えてくれぬ。

交換条件として相手の望むものが必要となる。

それは『権力者からの特別な好意』であり、つまるところは王家からの騎士としての証し。

アンハルト王族が与えられる待遇。

一代騎士として、法衣貴族としての採用である。

数こそ少ないものの、その受任権がアンハルト王族として私に与えられていた。

今回はその受任権を用いた。

「アンハルト王家に、ヴァリエール様に心から感謝を！　さあ、宴と参りましょう。三女の受任式とあって、とっておきの馳走を用意しておりますぞ！　親衛隊の皆様にも絞めたばかりの若鶏を味わって頂きたい！」

取り引きは成功し、地方領主は大喜びで宴まで開いてくれている。

まあ、よいのだ。

取り引きは上手くいったし、相手も歓迎してくれていること。

誰一人として何の不満もなく事は進んでいる。

問題はだ。

このヴァリエールの疑問はだ。

「いや、他に方法がないのはわかっているけれど、ウチって吝嗇じゃなかったっけ」

ドケチのアンハルト選帝侯家。

その吝嗇家っぷりは帝国全土に伝わるほどに有名である。

疑問はそこであった。

まあ、吝嗇であるからこそに王家は裕福で莫大な財貨を溜め込んでいる。

少し騎士受任や年給をばら撒いたところで宝物庫はビクともしないが、逆に言えばこのような大盤振る舞いをしたことが一度も無かったからこそにアンハルト王家は裕福なのだ。

さきほど吝嗇家の主君に部下は仕えてくれぬと言ったが、まあその吝嗇家の主君とは具体的に何処の誰よ、と尋ねれば『アンハルト』と返事をするのが帝国騎士の共通認識である。

どこの田舎に行ってもだ。

いや、だからこそか。

だからこそ、こうして大盤振る舞いをした時に効果があるのかとも認識している。

一代騎士の恩給一つで、頑迷で偏屈な地方領主の忠誠を買えるなら安いものであった。

さすがは母様。

超がつくほど『吝嗇家のリーゼンロッテ』。

そのようなことを考える。

さて、考えたはいいが、やはり疑問は尽きぬ。

母の企み(たくら)はこれだけなのだろうか？

地方領主の忠誠を買うことが目的なのだろうか。

まあ、目的に嘘(うそ)はなく、間違いはないだろうが。

「わざと王家から引き離された気がする」

このヴァリエールがドサ回りをすることになったのは、ロイヤル・デューティのみが理由であろうか。

他にも理由はないのだろうか。

疑問は尽きぬ。

例えば、例えば。

このヴァリエールが鬱陶しいので、一度王都から遠ざけたとか。

「まさかね」

やはり疑問は尽きぬ。

一代騎士の受任以外にも、様々な権限が今回与えられている。

国内街道の整備、要するに商人を訪れやすくする交易面の配慮、その工事における人足を封建領主の領民から雇い入れる事で、金を現地に落とすなど。

そういったちまちまとした譲歩、条件面での交渉権さえも与えられている。

今まで何もしなくて良いとばかりに、何の権限も与えられなかった期待されぬ私にだ。

そうして、ありとあらゆる封建領主と交渉してこいと。

どこまでも地の果てまで駆けて交渉しろと。

そう言わんばかりに走り回されている。

これはどう考えてもおかしくないか。

「私をそこまでして王都から遠ざけたかった?」

何のために？

思い当たる点は一つだけある。

婚約者であるファウストのことであった。

まさかな、まさか。

姉が一生懸命指揮権の統一を図るために軍事改革に取り組み、使えないスペアの私までを駆り出して地方にドサ回りをしている中で。

娘の婚約者に手を出したりはしないだろう。

あんなにも愛していた父の作り上げたバラ園で、ファウストを押し倒すようなマネはしないだろう。

そう思う。

大丈夫だ、と思うがどうも疑念が晴れぬ。

まさか、まさかな。

まさかだ。

いくらなんでも、そのような自分の娘の婚約者に手を出すような破廉恥をするわけがない。

娘を邪魔だと追い出し、その間に罠にはめるような真似をするわけがない。

領地に帰るはずであるファウストを引き留めて、その初めての貞操を奪おうなどと考えるはずがないのだ。

これは娘として、あまりにも気恥ずかしいことを考えた。

母を信頼しよう。

するのだ。

信用しようとして――。

「出来ないわ」

いや、あの母親信用できないわ。

信用できるわけがないわ。

私はそう一言口にして、はあ、と壮大にため息をついた。

リーゼンロッテ女王陛下との恋愛、その「結実」に至ったのは、いつ頃からか。

記憶を辿れば、7年も前の話である。

全ての事件が解決し、女王陛下にお暇を告げようとした際に、ふと彼女が口走ったのだ。

もう少しだけ、傍にいてくれないかと。

妙な言い訳を口にして、あれこれ理由を付けるのも止めたと。

ハッキリ言おう、お前を愛しているので、もう少し傍にいて欲しいのだと、そう告げられた。

薄々、陛下が私に恋心を抱いているのは理解してはいたのだ。

だが、私からは好意への返事を口にしなかった。

婚約者の母親であるからだ。

ヴァリエール殿下の母親であるのだ、リーゼンロッテ女王陛下は。

さすがに、いくら私にとって32歳の未亡人が射程圏内とはいえ、婚約者の母親に手を出すのは一個の人間としてどうかかな？　と思ったのだ。

なんぼなんでもクズ過ぎないかと。

思いはした。

まあ、思ったけれど、それは前世での人間的感覚だと明確にアウトだからである。

今世ではどうかと言われると、別に罪にはならなかった。

この世界は男が少ない。

ゆえに、親族や友人関係で男を融通して共有すると言うイカれた価値観が存在した。

その常識はわきまえているつもりである。

私は、そこの辺りの感覚がぐちゃぐちゃになってしまっているので酷く迷った。

事件が解決したとは言え、正直まだ陛下の心は安息を得ていないであろう。

別に、身体の関係とは言わずとも、もう少しお傍にいてあげてもよいのでは——

何せ、誰も救われない暗殺事件の真相が明らかになったばかりであるのだ。

もう少しお傍にいてあげてもバチは当たるまい。

そんな気持ちが強かった。

あくまでも慰労という気持ちが、その時点では強かったと考えている。

ゆえに、私は少しばかり、足止めを受けた。

それが良くなかったのか、良いといえたのか。

私は未だに結論がつけられない。

「ファウスト、お前の声が聴きたい。私の名前を呼んで欲しい。お前と口づけをしたい。

私は二人だけ人生で好きになった男がいる。ロベルトという男と、ファウストという男だ。

かつてロベルトを失った私は空虚となり、あとは政治をするだけの女であった。太陽を失った日陰者だ。だが、ファウストという男に再び出会えた。一度失った太陽を再び取り戻したのだ。お前にずっと傍にいてほしい。私を照らして温もりを与えて欲しい。この女はもはや、お前の体の熱を感じずには生きておられぬ。どうか、どうか、私の名前を呼んでおくれ。もう一度、どうか私と下手くそなワルツを踊っておくれ。私の耳元で、愛を囁いてくれ」

毎日のようにして、リーゼンロッテは私の耳元で愛を囁いた。

私の願いなら何でも叶えてやるからと。

もう一度太陽をこの身に浴びたいという、本当にさみしげな表情で囁くのだ。

その情熱に負けたと言うべきなのだろうか。

情に負けたと言うべきなのだろうか。

それとも、私も彼女に恋してしまったと言うべきなのだろうか。

その全てと言えるかもしれないし、どれも違うとも言えるのかも。

——結論は出ない。

確かなことは、私とリーゼンロッテが寝室を共にしたことで。

その翌日、王城を留守にしていたアナスタシア殿下がそれに対して激怒したことである。

あの時は本当に酷い騒ぎであった。

何があったのか、どうしてアナスタシア殿下が激怒したのかはその時よくわからなかったのだが、アスターテ公爵が全力で私に逃げるように伝えて。

公爵に庇われる形で、私は領地に逃げ帰った。

情けないと思われるかもしれないが、「お前がいた方がややこしい話になる」とまで言われては、どうにもならなかったのだ。

内紛じみた騒動があったそうなのだ。

そう。

私はポリドロ領に引っ込んでいたのだから詳細は不明だが、リーゼンロッテとアナスタシア殿下との間で血を血を洗う争いがあったそうなのだが。

詳細はよくわからぬが、リーゼンロッテが勝利し、アナスタシア殿下は敗北した。

基本的にはそういうことらしい。

当時、すぐに継承式を行うはずであったリーゼンロッテは女王陛下のままであるし、アナスタシアは第一王女殿下である。

もちろん、7年後の現在は正式に継承式を終えているのだが。

他に後継者がいるわけでもなかろうに、当時は何故と思った。

唯一違うことと言えば、ヴァリエール殿下が正式に女王継承権レースから脱落したことが発表されたことであろうか？

今は私の婚約者として傍にいるが、まあ時折ヴァリエールには言われるのだ。

お母様は女王としては有能だとは思うが、人間としては本当にクズだと思うのだと。

私はそれに反論し、いやあ、まあ私も応じたから多分フィフティフィフティだと。

リーゼンロッテに責任があるというならば、私も責めてくれと。

婚約者であり、今は正式な妻であるヴァリエール殿下には言うのだが、まあ相手にされない。

全ての責を、風評被害を、リーゼンロッテは背負う形で闘って。

そうして子を産んだ。

間違いなく、私とリーゼンロッテの子供であった。

嗚呼（ああ）、と。

蚊帳の外にされた私が、何故リーゼンロッテが女王としての座を譲らなかったのか、情けない話だがようやくにして私は気づいた。

確実に、子供の存在を守るためであったのだ。

当時、父親は発表されなかった。

どこか、侍童にでも手を付けて子供を産んだのだと当時の風評であるが。

今は、誰もそのことを口にしない。

父親は、このファウスト・フォン・ポリドロ以外の誰でも無いだろうと。

私がこうして表舞台で名乗り出た以上、誰もがそれを認めているのだから。

私の、リーゼンロッテからの好意に対する返事は、遅くなれども花咲いた。

※

そうだ、あれから7年が経った。

ありとあらゆる、全ての事件が解決に導かれた。

何もかもだ。

リーゼンロッテは子供が安全であることを確認して、ようやくアナスタシア殿下に女王の座を譲り渡して。

最大の懸念であった、遊牧騎馬民族国家の侵略も片が付いた。

私が座るガーデンテーブルの近くにはリーゼンロッテとの子供がおり、恋愛の「結実」が存在し、近くで小さくなってアリの巣などを眺めている。

なんというか小さな昆虫に興味を示すところ、子供であるなあという感想と、私の子供だなと言う感情が綯い交ぜになっている。


「はて、奇妙な経緯を辿ったものだ」


王宮の庭で、ポツリと呟く。

何もかもが夢物語のような経緯を辿っている。

なにせ遊牧騎馬民族国家は、結局アンハルトまで西征してこなかった。

いや、来るには来たのだ。

それも7年と持たず、せいぜい2年ばかりで。

ヴィレンドルフの東にある大公国などは、何の障害にもならぬと完全に滅ぼされてしまった。

そして、そこまでであった。

寸足らずの侵略であったのだ。

死ぬ覚悟を済ませよう。

やるだけやったのだ、私は自分の領地を、ポリドロ領を守るためならなんでもしよう。

リーゼンロッテの子供さえ落ち延びてくれれば、ポリドロ家再興の目途は立つと。

戦場にて最後まで暴れまわってやるのだ。

私は心の準備を済ませた。

その準備は全て無駄となった。

「まさか、東の大公国を滅ぼした途端、トクトア・カアンの命数が尽きてしまうとは」

原因は、突然トクトア・カアンが稲妻に打たれたと聞く。

強い、強い、我らは無敵だ。稲妻も雷鳴も我らを阻む事など出来はしない。

そう謳(うた)う彼女達であったが、本当に稲妻がトクトアを襲うとは思わなかった。

いくら超人といえども、本当に荒れ狂う天の怒りに襲われてはたまったものではない。

このファウストとて、いきなり10億ボルトの稲妻に打たれてはさすがに死ぬだろう。

トクトアは致命的なまでに運がなかったのだ。

とにかく、本当かどうかは知らないが、いきなり突然死した。

いや、このインチキ中世ファンタジー世界が、多少でも史実に沿うというならば。

そういうことがあっても不思議ではないのだ。

史実では東ヨーロッパへの侵攻は、オゴタイ＝ハンの死により途中で中止されてしまっている。

モンゴルが弱かったわけでもなく（むしろ馬鹿みたいに強すぎた）、戦争に負けたわけでもなく、単に内政問題で国に帰ったのだ。

だから、なんだ。

私が必死になって叫んでいたことは『言っていたことも警戒していたことも何一つ間違っていなかったが、まあ結論としては遊牧騎馬民族なんてアンハルトに来なかったよね』というオチになってしまった。

なんだよ、稲妻に打たれて死んだって面白結末は。

いや、そのおかげで助かったわけではあるんだけれど。

あのまま真面目にぶつかり合って戦った場合、まず我々は敗北していたであろうから。

「ふむ」

なんとなく、色々と考えながら相づちを打つ。

誰に対してかは私にさえわからないが、まあなるようになった。

「私は何故死んでいないのだろうか。ゲッシュも誓ったのに」

私が死んでいないことは謎であった。

7年だ。

7年を限度として、私はゲッシュを誓ったのだ。

必ずや遊牧騎馬民族国家にあらがうと。

全身全霊を掛けてあらがうと誓ったのだが。

あらがう前に死んでしまった。

「まあいいか」

そう呟く。

正直、ゲッシュを誓った先も、神々も「まあいいか。こうなっては達成不可能だし」ぐらいの感覚で私の生死を見過ごすことにしたのでは無いかと。

そう思う。

全て忘れてしまってもよいように思える。

とどのつまり、今は私の息子が眼前にてアリの行進を眺めているのが大事なのだ。

そう思える。

別に、この子だけが私の子供というわけでは無いのだが。

7年が経った。

7年前は思いも描かなかったのに子供が沢山いる。

それは眼前のリーゼンロッテとの子供であるし、正式にアンハルトを継承したアナスタシア殿下やアスターテ公爵との子供であるし、ヴァリエール殿下との子供であった。

他にも沢山いるが、皆愛している。

だが、一番愛しているのは誰かと言えば、眼前の子供であった。

変な子である。

この世界に10人に一人しか生まれぬ男子であるのだ。

彼は、バラ園のバラに興味を示すのではなく、その生態系で営む小さな昆虫類に興味を示した。

私はそれが可愛くて仕方なかった。

嗚呼、しかし。

このファウストはそれに値する価値を示すことが出来ないでいる。

どうも、息子に対するアピールが足りないと思うのだと。

私はよく、ミハエルなどに嘆いているのだ。

我が息子は私などにではなく、『兄』に懐いているなと。

「お機嫌がよろしくないようで」

そのミハエルが、宮廷のガーデンテーブルにて物思いにふける私に声を掛けた。

美丈夫である。

美少年の齢を超えて、タナトスへの欲望を乗り越えて、ミハエルが笑っている。

彼は、いつしか私への、いや、王族の相談役となっていた。

アリを見つめるばかりであった、私の息子が興味を乗り換える。

ミハエルへの興味であった。

小さな足を動かして、たったたっ、と足音を鳴らして駆け寄る。

「お兄様、お歌を歌って」

私の息子が一番好きな物。

この子にとってのお兄様で、ミハエルの歌だった。

私の息子は、ミハエルを兄として認めていて、そしてリーゼンロッテも私もそれを認識していた。

いや、それどころかアナスタシア殿下――今は女王陛下も、ヴァリエール殿下――今では私の妻も、それを許容している。

ミハエルは大事な家族であるのだと。

「うーん」

私にとってもそうであった。

貴重な相談役であり、私の息子にとっての兄であった。

ぐに、と息子の柔らかい頬肉を引っ張りながら、ミハエルが微笑(ほほえ)む。

「歌ってもよろしいですか？」

ミハエルが、私に許可を得ようとする。

別に許可なんぞいらんのだが、どうも許可を得るという行為に恍惚(こうこつ)を見いだしているらしい。

だから、私はミハエルの行為に受け答えをする。

「何度も言った。許可なんぞいらん」

と。

これこそが唯一無二の、ミハエルに対する正しい回答であるのだ。

かつて、何度もロベルトが言った。

いちいち座れという許可なんぞ得ずに、ガーデンテーブルに座れという口ぶりに似ているのであろう。

私はそれを口にした。

「ならば、歌いましょう。どこまでも、この王宮全てに響くように」

ミハエルが、私の子の頭を撫でた。

弟の頭を撫でて、如何にもお兄ちゃんぶりながら、嬉しそうに微笑むのだ。

私はそれだけで、どこか物憂げな思いが晴れるのだ。

そうだな、何も悩むことはない。

ああ、そうだ。

これはこれで、私にとっては間違いなくハッピーエンドなのだ。

「ミハエル、歌ってくれ。バラ園に歌声を」

私は目を閉じて、ガーデンテーブルの椅子に座りながら、彼に呼びかけた。

あとがき

4巻も引き続き購読いただいた読者様におかれましては、重ね重ね御礼を申し上げます。

度々口にしますが1巻打ち切りだろうな、が当初の予想であったため感謝に堪えません。

Ｗｅｂ版をお読みになっていて買い支えてくださっている方も、書籍版のみ購入していただいている方も、どちらも有り難うございます。

それでは4巻の内容について。

正直いいまして、メインストーリーには一切必要の無い内容となっております。

目的としてはリーゼンロッテヒロイン章を書きたかっただけですね。

連載時当初は完全にギャグで済ませる予定でしたが、作者に筆力がなくシリアスとなってしまった上に、内容につきましても強い御批判を頂いた苦い記憶が……。

（書籍版では5章マルティナ編をそのまま4巻に持ってくるべきではないか、とも提案したのですが、Ｗｅｂ版にあるエピソードが書籍版にないのは変だろうと編集さんに説得されたりもしました）

加筆修正にあたり、3巻で予告しましたとおり、読者様の不満点や描写不足が特に目立ったところを可能な限り直したつもりです。

本文に不備のある点は「めろん22」先生のイラストで、読者様の満足いく仕上がりになっているだろうと考えております。こういうときこそ絵師様の力を借りましょう。

今回の加筆修正にあたり、心強く相談に乗ってくださった担当編集様には頭が上がらぬ思いです。編集様の苦労があって外伝3作をなんとか書き下ろせました。

相変わらず日本語が下手でして、校正さんにもご迷惑をおかけしております。本巻でも修正有り難うございます。

さて、他に言うべきこととして。

本シリーズ好評で、第1巻～第3巻及び「柳瀬こたつ」先生のコミカライズ1巻まで含め全巻重版しました。

また、本当に予想外であったのですが現時点で台湾角川様から翻訳版が2巻まで発売されました。素美メディア様からも韓国版2巻までが現在発売されております。

重版や翻訳など夢にもみないことでありましたので、本当に喜ばしい限りです。

海外諸兄の反応が知りたいところですが、やっぱり知るのが怖いところもあります。

（そもそも本当に売れているのか？　というのも未だに根強くあったりします）

では、5巻でも無事お会いできることを祈りまして。

5章はWebでも好評でありました自信章なのです。是非書籍でもお目にかけしたいところ。それでは。

作品のご感想、
ファンレターをお待ちしています

あて先

〒141-0031
東京都品川区西五反田 8-1-5 五反田光和ビル4階
ライトノベル編集部
「道造」先生係／「めろん22」先生係

貞操逆転世界の童貞辺境領主騎士 4

発　　行　2024年5月25日　初版第一刷発行

著　　者　道造

発 行 者　永田勝治

発 行 所　株式会社オーバーラップ
〒141-0031　東京都品川区西五反田 8-1-5

校正・DTP　株式会社鷗来堂

印刷・製本　大日本印刷株式会社

Printed in Japan　ISBN 978-4-8240-0826-8 C0193